——新版——
小学语文同步阅读

桂花雨

琦君——

著

长江出版传媒 | 长江文艺出版社

目录

亲 情

友 情

亲　情

那几天，小叔就摇头晃脑地边哼边写。我呢？像个傻傻的书童，跟在他旁边恭恭敬敬地帮他铺对联、磨墨。

母亲的金手表

母亲那个时代，没有"自动表""电子表"这种新式手表，就连一只上发条的手表，对于一个乡村妇女来说，都是非常稀有的宝物。尤其母亲是那么俭省的人，好容易父亲从杭州带回一只金手表给她，她真不知怎么个宝爱它才好。

那只圆圆的金手表，以今天的眼光看起来是非常笨拙的，可是那个时候，它是我们全村庄最漂亮的手表。左邻右舍、亲戚朋友到我家来，听说父亲给母亲带回一只金手表，都会要看一下，开开眼界。母亲就会把一只油腻的手用稻草灰泡出来的碱水洗得干干净净之后，才上楼去从枕头下郑重其事地捧出那只长长的丝绒盒子，轻轻地放在桌面上，打开来给大家看。然后眯起（近视眼）来看半天，笑嘻嘻地说："也不晓得现在是几点钟了。"我就说："您不上发条，早都停了。"母亲说："停了就停了，我哪有时间看手表。看看太阳晒到哪里，听听鸡叫就晓得时辰了。"我真想说："妈妈不戴就给我戴。"但我也不敢说，因为知道母亲绝对舍不得的。只有趁母亲在厨房里忙碌的时候，才偷偷地去取出来戴一下，在镜子里左照右照一阵又脱下来，小心放好。我也并不管它的长短针指在哪一时哪一刻。跟母亲一样，金手表对我们来说，不是报时，而是全家紧紧扣在一起的一种保证，一份象征。我虽幼小，却完全懂得母亲宝爱金手表的心意。

后来我长大了，要去上海读书。临行前夕，母亲泪眼婆娑地要把这只金手表给我戴上，说读书赶上课要有一只好的手表。我坚持不肯戴，我说："上海有的是既漂亮又便宜的手表，我可以省吃俭用买一只。这只手表是父亲留给您的最宝贵的纪念品啊。"那时父亲已经去世一年了。

我也是流着眼泪婉谢母亲这份好意的。到上海后不久，就由同学介绍熟悉的表店，买了一只价廉物美的不锈钢手表。每回深夜伏在小桌上写信给母亲时，就会看着手表写下时刻。我写道："妈妈，现在是深夜一时，您睡得好吗？枕头底下的金手表，您要时常上发条，不然的话，停止摆动太久，它会生锈的哟。"母亲的来信总是叔叔代写，从不提手表的事。我知道她只是把它默默地藏在心中，不愿意对任何人说的。

大学四年中，我知道母亲身体不太好。她竟然得了不治之症，我一点都不知道，她生怕我读书分心，叫叔叔瞒着我。我大学毕业留校工作，就用第一个月的薪水买了一只手表，要送给母亲，也是金色的。不过比父亲送的那只江西老表要新式多了。

那时正值对日抗战，海上封锁，水路不通，我于天寒地冻的严冬，千辛万苦从旱路赶了半个多月才回到家中，只为拜见母亲，把礼物献上。没想到她老人家早已在两个月前，默默地逝世了。

这份锥心的忏悔，实在是百身莫赎。孔子说："父母在，不远游。"我是不该在兵荒马乱中，离开衰病的母亲远去上海念书的。她挂念我，却不愿我知道她的病情。慈母之爱，昊天罔极。几十年来，我只能努力好好做人，但又何能报答亲恩于万一呢？

我含泪整理母亲遗物，发现那只她最宝爱的金手表，无恙地躺在丝绒盒中，放在床边抽屉里。指针停在一个时刻上，但绝不是母亲逝世的时间，因为她平时就不记得给手表上发条，何况在沉重的病中。

手表早就停摆了，母亲也弃我而去了。有很长一段时间，我不忍心去开发条，拨动指针，因为那毕竟是母亲在时，它为她走过的一段旅程、记下的时刻啊。

没有了母亲以后的那一段日子，我恍恍惚惚地，只让宝贵光阴悠悠逝去。在每天二十四小时中，竟不曾好好把握一分一刻。有一天，我忽然省悟，徒悲无益，这绝不是母亲隐瞒自己病情、让我专心完成学业的深意；我必须振作起来，稳定步子向前走。

于是我抹去眼泪，取出金手表，上紧发条，拨准指针，把它放在耳边，仔细听它柔和有韵律的滴答之音。仿佛慈母在对我频频叮咛，心也渐渐平静下来。

我把从上海为母亲买回的表和它放在一起，两只表都很准确。不过都不是自动表，每天都得上发条，有时忘记上它们，就会停摆。

时隔四十多年，随着时局的紊乱和人事的变迁，两只手表都历尽沧桑，终于都不幸地离开了我的身边，不知去向了。

现在我手上戴的是一只普普通通的不锈钢自动表，式样简单，报时还算准确。但愿它伴我平平安安地走完以后的一段旅程吧！

去年我的生日，外子却为我买来一只精致的金表，是电子表。他开玩笑说我性子急，脉搏跳得快，表戴在手上一定也愈走愈快；而且我记性又不好，一般的自动表，脱下后忘了戴回去，过一阵子就停了，再戴时又得校正时间，才特地给我买这个电子表，几年里都不必照顾它，也不会停摆，让我省事点。他的美意，我真是感谢。

自动表也好，电子表也好，我时常怀念的还是那只失落了的母亲的金手表。

有时想想，时光如真能随着不上发条就停摆的金手表停留住，该有多么好呢！

外　公

　　幼年过春节时，我最最盼望的是住在深山里的外公，一定会在腊月二十三日送灶神前一天赶到，过了正月初十才回去。

　　外公不坐轿子，是自己背着一个大布袋走山路来的，他走到时连大气都不喘一口。大布袋里除了他亲手种的甜山薯以外，就是在山上采的各种草药，一捆捆像枯藤似的。他说百草治百病，说我母亲忙得脚后跟痛，要吃草药补一下；我越长越瘦，也要吃药补一下。草药熬成汤，加一种树胶和红糖结成冻，每天早晚喝一汤匙，百病消除。

　　母亲忙得老是忘记喝，我却绝不会忘记，因为草药甜甜的真好吃。母亲说："过年过节的，吃什么药呀？"外公说："这是仙丹，不是药。"于是外公放下大布袋，就找柴刀砍草药。长工阿荣伯连忙帮他砍，他好喜欢外公，因为他们下棋有伴了。

　　阿荣伯找了个大瓦罐，生起荧荧的炭火，帮外公熬草药。旁边摆一张小桌，他俩就对坐下来下乞丐棋。我一会儿靠在外公怀里，一会儿靠在阿荣伯怀里。瓦罐里的药香一阵阵透出来，母亲蒸红枣糖年糕的香味也一阵阵透出来，两种香味和在一起，使我感到好温暖、好快乐。

我连连问母亲可以吃几块糖年糕，母亲说："是祭祖先的，不许问。"

外公笑嘻嘻地说："先喝了仙丹草药，再吃糖年糕，就不会隔食（不消化）了。"

阿荣伯不爱吃蒸的年糕，总是啃冷年糕，边啃边下棋，但每盘都输给外公，口袋里的铜钱都跑到外公面前。不一会儿，外公的铜钱又都跑到我口袋里了——不是我偷的，是外公悄悄地放到我口袋里的。他在我耳朵边轻声地说："去买鞭炮来放，放一串，长一寸，连仙丹草药都不用吃了。"

阿荣伯偏偏说外公的草药不灵。没想到他边说肚子就边痛起来，痛得棋子都滚落在泥地上找不到了。他只得弯腰屈背地向外公求救。外公马上倒一大碗草药给他灌下去，他不到半个钟头就不痛了。他只好承认外公是神仙，草药是仙丹。

家庭教师说："两位老人相对下棋，边上摆一个瓦罐熬药，真像是一对神仙。神仙下一盘棋，凡界就是几百年、几千年哩。"

外公摸摸胡子说："凡界与神仙有什么两样？活得健旺、快乐，心肠好，就是神仙。活得八病九痛的，心里愁这愁那，就是凡界了。"

母亲听了皱起眉头说："我心肠满好的，却是东痛西痛，做不了神仙，是什么道理？"

外公说："因为你太会愁了。愁我的北京女婿没信来，愁我老了走不动山路，愁女儿吃不下饭长不大。这样地多愁，怎么做得神仙？"

阿荣伯接口说："她还愁猪圈里的猪娘生猪仔赶不上好时辰呢。"听得外公呵呵大笑。

母亲笑骂阿荣伯："你不要笑我，你做酒不是也要拣好日子吗？你那回扭了腰，不是要我念观世音菩萨保佑你快快好吗？"

阿荣伯连连点头说："对、对。"

外公还有满肚子的笑话要讲给我听。他坐在荧荧的火盆边，吃着香喷喷的烤山薯，就开始讲故事。全家大小都围着他，连长工们都没心思赌钱，放下骰子和骨牌，一起来听外公讲故事和笑话。

有的笑话，我都听过好多遍了，但仍咯咯地笑得前仰后合，绝不说："这个我听过了。"因为外公对我说过："别人讲故事，不管你有没有听过，你都要好好地听，因为还有还没听过的人呢！你若说自己听过了，说的人就没意思讲下去了。你的老师不是对你讲过吗？好的书要读了又读、背了又背，才会明白里面的道理。听故事和笑话也是一样啊！"

外公用他的山乡调子讲，听来特别有味道。我也会学着他的调子讲一遍，听得外公笑呵呵。

那时外公七十多岁，我才七岁。如今我也七十多岁了，而我那时偎依在外公身边，围炉听故事的情景，好像就在眼前。

外公讲的故事和笑话，我统统都还记得，我有时讲给朋友听，有时讲给老伴听。他常说："听过了，听过了。"我说："听过了也要听，外公说的，听一遍有一遍的道理。"他说："有的故事，真的好好听，你为什么不讲给邻居的小朋友们听呢?"

我想对呀! 于是我就把邻居几位要好的小朋友们请来。小洋人们坐在地毯上，团团地围着我。我就卷起舌头，用浅近的英语连说带比地把最最有趣的几个故事讲给他们听，逗得他们笑得好开心。

想起自己小时候，听外公讲故事，我咯咯咯笑得咧开缺了大门牙的嘴，那幅快乐情景，就在眼前。如今，却变成我这个老奶奶，在给小朋友们讲故事了，心里一阵温馨，觉得自己一点也没老呢!

小叔写春联

　　我家乡的宅院非常大，从前门到后门，大约要走上十分钟。因此，一到过新年，母亲和老长工阿荣伯，带着所有的长工和小帮工阿喜，就有忙不完的工作。院子里的树木，都要修剪整齐，打扫清洁以后，在主干上围上一圈红纸。谷仓门要贴上好多纸剪的金元宝，栋梁上要贴一张红纸，写上"大吉"二字。前后大门原已是油漆好的门神，把蟒袍擦得晶亮后，在两边柱子贴上新的春联。凡是要用梯子爬上爬下的，都由灵活的阿喜做，阿荣伯叫我帮着递春联。说我会认字，提醒阿喜别把春联贴倒了，那可不比"福"字倒贴是好彩头。

　　春联跟年画不一样，年画有的是街上买现成的财神爷，有的是阿荣伯自己画的，人不像人，佛不像佛。春联却要请有"学问"的人写的。

　　父亲从北京回来以后，对于春联就很讲究了。不能老是家家相同的"天增岁月人增寿，春满乾坤福满门"。他认为不够雅致的不要，字写得不漂亮的也不要。阿荣伯从街上买来的现成春联，父亲更瞧不上眼。这时，我那位满腹经纶又写得一手好魏碑的小叔，就大大地吃香了。

小叔并没有正正经经上学，但是出口成文，背的诗句很多。他因为喜欢抽香烟，一支在手，见了父亲，喊一声大哥，拔脚就跑。可是到了春节，父亲要他把家里各处厅堂和前后大门的对联，统统写了新的换上，他就可以大模大样地抽香烟，不必躲躲藏藏了。母亲本来就很疼小叔，为了哄他快写，就特地给他每天买两包大英牌香烟，让他自由自在地抽，还另外给他点心钱。

那几天，小叔就摇头晃脑地边哼边写。我呢？像个傻傻的书童，跟在他旁边恭恭敬敬地帮他铺对联纸、磨墨。他教我磨时要加点肥皂，写出字来厚墩墩，像雕出来的一般，有一种立体感。

小叔一声令下："纸铺平，看我写完几个字就慢慢向上拉。"我战战兢兢地扶着纸，生怕拉得太快或太慢，害他写坏了就得换一张纸重写，母亲可舍不得糟蹋红纸呐。

写好一张，由阿荣伯和我拿着两头平放在地上。好多张一字儿排开，看上去就喜气洋洋。

小叔自己歪着头左看右看，越看越得意。自言自语："天下还有比这更好的字、更好的对联吗？"

母亲也走过来眯着近视眼看半天说："要你大哥说好才真算好哩！"

小叔说："对联都是古人现成的，字写得好最难得呀！"

我没心思看那许多对联，倒是喜欢其中的一副：

"遥闻爆竹知更岁，偶见梅花觉已春。"对小叔说："爸爸一定也喜欢这一副。"

父亲从书房出来，背着手默默地看了一遍，还没点头呢，就指着一副生气地问："怎么写这么一副？是过年呀！"

我一看，那是"万事不如杯在手，一生几见月当头。"我对小叔伸了伸舌头。小叔却说："那是明朝福王的名句，很有胸襟气派的，我只把原来的'年'字改成'生'字。"

父亲没理他，拿起那副对子就撕掉了。

母亲走过来说："过年过节的，慢慢对他讲，不要生气嘛。"

阿荣伯对小叔说："从二十三夜送灶神，到正月初五这十多天，是你比神仙还自在快活的日子，你大哥就是生气也不骂你。我劝你过了年就真正收收心，进个学堂正式念书吧！"

小叔深深吸一口烟，慢慢儿从鼻孔喷出来，一面嚼着母亲给他的花生炒米糖，用京戏里道白的调子，有板有眼地说："老伯伯言之有理，小侄儿哪敢不听。从今后寒窗苦读，一朝中了功名，定当登门拜谢老伯伯教诲之恩。"

阿荣伯大笑道："登什么门，我是你家老长工，我的门就是你家的门呀！"

我看小叔讲的虽是京戏词儿，倒是一脸的诚恳，还以为他当真从此会听父亲的话，进学堂读书呢。谁知他背过脸去就悄悄对我说："你看学校里的老师，有我的诗背得多、能像我写一手魏碑吗?"

我说："进学堂念书，跟你背诗写字不一样，学堂生毕了业，将来可以到外当差使、做官呀。"

小叔大笑道："你呀，小小年纪就满脑子的做官，真俗。"听得我好生气，真不想借压岁钱给他买香烟了。

可是没有小叔出点子带我玩，新年里还真没意思呢。于是我只好投降，照样从母亲那儿拿酒给他喝，拿花生糖给他吃。他吃喝得高兴，就在厨房里讲《三国演义》，带做带唱，一会儿诸葛亮，一会儿关公，逗得母亲和阿荣伯都乐呵呵的。我更不用说，恨不得新年永远过不完。

最奇怪的是我的口袋里的压岁钱，叮叮当当好多个银元，被小叔换来换去就只剩下几枚银角子了。

我悄悄告诉母亲，母亲说："你这个傻丫头，被小叔骗去卖掉，你帮他数钱都数不清呢!"

我说："小叔不会把我卖掉的，因为我们是好朋友啊!"

母亲摸摸我的头，又说了一声"傻丫头"。

童仙伯伯

　　童仙伯伯姓姜，姜太公的姜。他说自己是个考不取的老童生，年纪大了，就变得神仙一般，因此自称"童仙"。所以哥哥和我不喊他姜伯伯，都喊他童仙伯伯。童仙伯伯五十岁的时候，我刚巧五岁。我伸着五个手指头喊道："童仙伯伯，您比我大十岁。"他笑呵呵地说："对啦，我比你大十岁。可是你得伸出两只手，十个手指头呀。"

　　我就伸出十个手指头，手指尖点着手指尖来回地数。心里在想，童仙伯伯一定不只比我大十岁。哥哥说："还有脚指头呢！你就都伸出来，坐在地上慢慢地数吧！"我最气哥哥笑我不会数数，就说："不要你管。"数着、数着，墙上的老自鸣钟敲起来了，当、当，有气无力的。我抬头看钟面上的指针，看不懂是几点，又忙着数它究竟敲了几下。反而全数不清了。童仙伯伯说："小春，自鸣钟敲了九下，你该去认方块字了。"我说："我不要，太阳还没晒到这边台阶儿上，等晒到了才去。老师做过记号的。"哥哥说："哼，你这个懒虫，今天没有太阳。老师说过的，没有太阳的日子，就听自鸣钟。"

童仙伯伯拍手大笑说："你们俩都别去读书了，你们的老师脚气病犯了，在家休息。他托我照顾你们。我带你们爬后山采果子去。"我们好高兴。童仙伯伯真好比我们的神仙伯伯，我们要怎么玩就怎么玩，要吃什么他就给我们买什么。不像在老师面前，连喷嚏也不敢打一个。不过有一件事，他总要我们记住，就是有好吃的东西，要先留起一点给妈妈和阿荣伯伯。外公在我家时，更要把最好的给外公。比如在山上采了山楂果，他叫我拣最红最大的给他们三个人吃；买了桂花糕，把方方正正，看去红糖夹心最多的，留起来带回家。因为外公和妈妈都喜欢吃甜食。

童仙伯伯说："长辈年纪大了，吃好东西的日子一天比一天少，你们往后的好日子有的是。时时刻刻都想到长辈就叫作孝顺。"他常常一边走一边给我们讲故事。有一次，他给我们讲孝子伯俞的故事，说伯俞的母亲打他，他跪在地上哭了。他母亲说："我以前打你力气很大，打得很重，你都不哭；今天我打得轻了，怎么你反倒哭呢？"伯俞说："因为您打得轻，我担心您身体没有从前好，力气小了。"我听得呆呆地没作声。哥哥忽然说："我觉得伯俞不对，他不应当说出来，放在心里暗暗忧愁才对，说出来不是让妈妈更担心自己老了吗？"童仙伯伯看着哥哥半晌说："长春，你真聪明，你真好心，长大了一定是个孝顺儿子。"哥哥立刻说："我现在就很孝顺，我尽量不惹妈妈生气，帮妈妈做事。不像妹妹，动不动就哭，是个蚌壳精（家乡话，一碰就哭的意思）。"我又不服气了。我说："妈妈叫你点一盏油灯做功课，那你为什么点两盏呢？"哥哥不理我了。其实，我心里还是很佩服哥哥，很爱他。有一次，他去乡村小学的操场踢皮球，我守在旁边看他满场奔，跌了好几跤。我好急好心疼，就对着风大喊："哥哥，你不要踢嘛，哥哥，我们回家嘛！"他没听见，一直踢到精疲力竭，才带着我回家。我一路埋怨，他一路生气，一不小心，跌进一个水塘里，浑身湿透。我又在边上狂叫，正好童仙伯伯来了，带我们回家。妈妈气起来打了哥哥，要他下跪，我也马上跟着跪下了。哥哥没有哭，我倒抽抽噎噎地哭起来了。哥哥小声地说："妹妹，你不要哭，你放心，妈妈一做好松糕就叫我们站起来吃了。"哥哥说得一点没错，妈妈打开热气腾腾的蒸笼，端出香喷喷的松糕，取出两块放在碟子里，板着脸对哥哥说："拿去给童仙伯伯。"哥哥马上站起来端着走了。妈妈给我一块，温和地说："以后劝哥哥不要踢皮球，鞋子踢破了，妈妈没有工夫做。"我问："妈妈，你不给哥哥吃糕呀？"妈妈笑笑说："你还怕他不会讨吗？"哥哥送了糕回来，站在一边不开腔。我悄声地说："哥哥，你向妈妈讨嘛。你说：'我下次不踢皮球了。'"哥哥摇摇头说："我宁可不吃松糕，还是要踢皮球。"我生气地说："你惹妈妈生气，你一点也不孝顺。"哥哥呆了一阵。妈妈只顾忙来忙去，看也不看他一眼。我已把一块松糕吃完，伸手再向妈妈讨："妈妈，再给我一块，也给哥哥一块好吗？"哥哥马上接口说："妈妈，童仙伯伯说妈妈的松糕特别软，特别香，问我吃了没有，我说还没有呢，回到厨房里妈妈就会给我的。"妈妈扑哧一声笑了，一块松糕已经塞在哥哥手里。哥哥得意地向我扮个鬼脸。我真佩服哥哥好有办法。

当我们的外公回到山里，阿荣伯伯农忙的时候，我们就瞟住了童仙伯伯。可惜他太爱睡觉，又太爱看书，看着看着就躺在靠椅上呼呼大睡。哥哥蘸饱了毛笔，在他的两道浓眉毛上再描两道浓眉毛，又在他老花眼镜上涂了墨。童仙伯伯一觉醒来，睁眼一片漆黑，以为天没亮，翻个身又睡。阿荣伯伯对哥哥说："你不能趁一个人睡着的时候，在他脸上画东西。因为睡着的人，灵魂儿变成一条虫，从鼻孔里爬出来，玩儿够了，又从鼻孔里爬回去。你把他的脸描成另一个样子，虫虫认不得自己，就爬不回去，人就醒不过来了。"他又给我们讲了个故事："有一个小孩，看爷爷睡得好酣，一条小虫从鼻孔里爬出来，爬过一根稻草，爬在一堆牛粪上，大吃一顿，正想爬回来。小孩恶作剧，把那根稻草拿开了，虫虫爬不回来，很慌张的样子。爷爷也一直醒不过来。孩子也慌了，赶紧把稻草摆回去，虫虫才爬回来，爷爷才醒了。爷爷醒来后告诉孙子说：'我刚才做了一个梦，梦见自己辛苦地走过一条独木桥，发现一堆如山高的红糖，我吃得好开心，回来时那条桥忽然不见了。好急。后来忽然又找到了，才沿着原路回来。'"

我听了又好玩又担心。看着童仙伯伯的鼻孔，哪有虫虫爬进爬出呢？我一推他，他就醒了。我把阿荣伯讲的故事讲给他听，他又呵呵大笑说："你们不是说，我是神仙伯伯吗？神仙睡觉，不会变成一条虫的。"我也咯咯地笑了。他又说："小春，别信什么灵魂儿的话。人就是人，困了就要睡觉，醒来就要说话、吃饭、玩耍、读书。阿荣伯伯是乡下佬，我是读书人，我讲的都是书上的。"

有一次，他讲了个笑话："有一个爸爸，叫儿子去买酒，儿子去了好久好久不回来，菜都凉了。爸爸心里奇怪，就去看看究竟是怎么回事。却看见儿子提着酒壶和另一个人面对面站在一条独木桥上，谁也不肯让谁先走。爸爸看了好生气，上前对儿子说：'你下来走另外一条路买酒去，让我和他站在这里。'"我听了以后，歪着头想了半天，觉得没什么好玩的。哥哥却笑得前仰后合。我生气地说："哥哥你笑什么嘛？这有什么好笑的嘛？"哥哥说："小春，你就是那个儿子，我就是那个爸爸。"我更生气了，哥哥就是比我高明，我没懂的，他都懂。现在想想，那个老爸爸，不为买酒，却要和那人对立地顶在桥中心。世人往往为一时意气之争，不也一样可笑吗？

童仙伯伯跟外公一样，他讲的故事，叫我一直不能忘记，而且长大后愈想愈有道理。

他时常带我们去钓鱼。哥哥要挖蚯蚓做钓饵，他说："长春，不要把蚯蚓一寸一寸掐断，多残忍呀，我们用饭粒吧。"他叫我们用饭拌了糠撒下去，一大群鱼都来吃了，再把钓钩扎上饭放入水中。我们坐在岸边，童仙伯伯喷着旱烟。好久好久，才看见浮沉子一动一动的，哥哥要提钓竿，童仙伯伯说别提。过了半天，浮沉子一点不动了，哥哥一提起来，钩子上是空的，饭粒也没有了。哥哥懊丧地说："你看，鱼跑了。"童仙伯伯说："这样才好嘛，我们看鱼儿吃东西多开心，为什么要钓它上来？它扎上了钩子多痛呀！"哥哥说："你是菩萨，不是神仙。"

妈妈也说过，童仙伯伯是菩萨，心肠慈悲，跟外公一样，他也会看病，地方上有人生病，他都给治，还花钱给穷人买药。妈妈说我的小命都是他救的。我出疹子的时候，红斑发不出来，浑身都冰凉了，外公又在山里来不及赶下来。童仙伯伯熬了药，给我灌下去，告诉妈妈，如果第二天哭出声来就有了救。第二天我果真哇地哭出声来，红斑一直发到脚底心，我活过来了，所以童仙伯伯是我的救命恩人。

他是爸爸的要好同学，他说他肚才比爸爸还通，却是运气不好，没有考取举人。他祭文作得特别好，爸爸常常请他代作。作完以后，拉长嗓子唱，我听起来都好像很悲伤的样子。他说念祭文是一种特别本领，要听得不相干的人都眼泪汪汪的，才是好祭文。他还会画画，画荷花、芭蕉，都是墨团团一大片，我看着实在没什么名堂。可是爸爸说他是才子画、书生画。哥哥也跟他学。哥哥画的我很喜欢，因为他画牛、画马，有时画两只公鸡打架，很像。哥哥也是才子呢。

童仙伯伯还教哥哥对对子："云对雨，雪对风，晚照对晴空……"又教他背对子："童子打桐子，桐子落，童子乐。美人捏米人，米人肖，美人笑。"（故乡米美同音。）所以哥哥很早就会作五个字一句的诗了。

有一天，忽然听见童仙伯伯对老师说："长春太聪明，太懂事，只怕他福分太薄。"我问他："什么叫福分薄呢？"童仙伯伯严肃地说："我们随便说说，不许跟你妈妈说。"

我心里一直有个疙瘩，哥哥福分薄，将来会吃苦。我好难过，我就只有一个哥哥啊！

爸爸把哥哥带到北平去了，我好寂寞。哥哥写信给我，说他学会唱京戏，就是刘备关公张飞他们唱的戏。我非常羡慕，只想去北平看哥哥。童仙伯伯说："等我去的时候，一定带你去。"他积蓄了一笔盘缠，却因为一个侄子上学没有钱，就给他了；后来再积蓄一笔，却在城里的黄包车上丢掉了。他挣钱很慢，全靠代人做对子、写春联、给人看病积起来的。所以一直不够去北平的火车钱。有一天爸爸来信说，哥哥得了肾脏炎的病。哥哥写信给我，都用粉红色包药粉的纸，在上面用铅笔画成信纸的行数，又用童仙伯伯教他写的魏碑字体写了"松柏常青"四个空心字，再用毛笔在上面写信。信封也是粉红药纸粘的，我好喜欢。他说不能吃咸的，好想妈妈煮的鱼。他的病一直不好，童仙伯伯要去给他治病，外公说："如今他们新派的人都相信西医，你去也没用，不会吃你的药的。"不久，竟传来哥哥不治去世的噩耗。童仙伯伯沉痛地捏着我的手说："小春，你总

— 21 —

知道你的命是我救的。我疼你哥哥跟疼你一样。我相信，如果我去给他治，一定会救得活他的。我为什么不去？为什么不去？"他哭，老师、阿荣伯伯哭，我也哭。妈妈伤心哭泣了好多天后说："这是天数，这孩子福分薄。"我才恍然，福分薄就是短命。我问童仙伯伯："你说人没有灵魂，那么哥哥去了就什么都没有了。"他流着眼泪说："小春，现在我反倒愿意相信人死后是有灵魂的。"

哥哥灵柩运回来，安置在一处哥哥和我常去玩的僻静山坳里。童仙伯伯作了一篇祭文，我和堂弟妹跪在湿漉漉的泥地上，听童仙伯伯悲哀的声调念祭文，虽不能完全听懂，可是他那种悲伤的调子，和以前替爸爸作别人的祭文是完全不一样的。我听着听着就大哭起来。纸灰被风吹起来，飘在童仙伯伯的青布袍上、阿荣伯伯的花白短发上。回来时，童仙伯伯牵着我的手，走高高低低的山路。走到一条溪边，溪水很急，我忽然感到胆怯，不敢从石头上跨过去。童仙伯伯竟放开了牵我的手说："小春，胆子大一点，自己跨过去。"我嗫嚅地说："我有点害怕。以前都是哥哥拉我过去的。"童仙伯伯说："现在没有哥哥牵你了，你得自己走，路无论怎样高低不平，总得自己走的呀！"我仰头望着他，他板着脸，从前喜乐的笑容一点也没有了，两道浓眉毛锁成一条线。我想起哥哥在他睡觉时顽皮地给他再加上两道眉毛的样子，越发悲伤起来。我边擦眼泪边慢慢地跨过一块块在急流溪水中的岩石，忽然觉得自己已经开始一个人走艰难的道路了。再回头看童仙伯伯，他还是呆呆地站着，好像离我很远很远的样子……

　　几十年来，我每当独行踽踽，举步艰难之时，抬头望去，恍惚中，总觉得童仙伯伯仍像从前一样远远地站在那儿。

第一次坐火车

我出生长大在简朴的农村，童年时与小朋友们的玩乐，只有在后院踢毽子，或在长廊里滚铁环。后院是长工伯伯晒谷子和干菜的地方，长廊是妈妈晾衣服的地方。我们常一不小心踩到谷子，或碰倒了竹竿，长工伯伯就会大声地喊："走开走开，到外面放风筝去。"可是放风筝要迎着风跑，不小心踩一脚的牛粪，害忙碌的妈妈又得为我洗脚换鞋袜。因此妈妈总是轻声轻气地对我说："小春呀，去后河边看小火轮吧，小火轮快到了。"但是，从我家到后河边要走一大段狭窄的田埂路，我胆子小，总要等阿荣伯忙完田里的事，才能带我去。

有一次，慈爱的阿荣伯牵着我的手，从青布围裙大兜里掏出一个暖烘烘的麦饼递给我，我边走边啃。小火轮"嘟嘟嘟"的汽笛声已经听得见了。我要快快地走，赶上小火轮靠岸时才好玩。阿荣伯说："不要急，小火轮慢得很，不比火车，火车才快呢!"一听说火车，我就跳着脚说："阿荣伯，我们去城里看火车好吗?"阿荣伯呵呵大笑说："傻姑娘，我们城里哪有火车? 要先坐轮船到上海，才有火车。搭上火车就'隆隆隆'地一直坐到杭州了。"

上海、杭州，在我的小脑筋里，就像远在天边的神仙世界。爸爸老早答应要接妈妈和我到杭州，和亲爱的哥哥相聚，我就不只是一个人寂寞地踢毽子、放风筝了。

我把阿荣伯粗糙的手捏得紧紧的，心里想着"嘟嘟嘟"的火车，高兴地说："阿荣伯，我要爸爸也接你去杭州，我们一同坐火车，多好玩呀！"阿荣伯叹口气说："我老了，又是个乡下种田的，哪有福气坐火车呢？你将来到了外路，坐火车时，就多想想我牵着你的手，啃麦饼走田埂路的情形，写封信给我，画张火车的样子给我看看，就当我也坐过火车啦！"

我听着听着，竟然哭起来了。我明明是那么想坐火车，但因为阿荣伯说不能跟我一同去杭州，我舍不得他，就好像真的马上要和他分别了，心里好难过。

和阿荣伯分别的日子终于到来，爸爸派人来接妈妈和我去杭州。果然是先搭大轮船到上海，再坐火车到杭州。在轮船上望去，大海茫茫一片，一点不好玩。风浪又大，妈妈和我都吐了。我心里想念阿荣伯，连火车都不想坐了，恨不得哥哥也回家乡，我们一同踢毽子、放风筝多快乐啊！

到了上海，在码头上，就看见爸爸牵着哥哥来接我们了。见到分别好几年、日夜思念的哥哥，我快乐得又跳又叫。但我又马上想起疼我的阿荣伯，就紧紧捏着哥哥的手，商量怎样央求爸爸，快点接阿荣伯到杭州，也让他尝尝坐火车的味道。哥哥说："坐火车真好玩，靠在车窗口，看外面的青山田野、房屋桥梁，都向后面飞过去似的。火车上的蛋炒饭好香；还有红茶加一片柠檬，好好喝啊！"听得我恨不得马上就坐上火车。

第二天，我们就真的坐上火车了，我日思夜想的梦境实现了。哥哥说："这是我第二次坐火车，你是第一次。"他点着我的鼻子尖说，"你这个乡下姑娘。"

爸爸和妈妈都沉默得彼此不说一句话，都把脸朝着窗外，也不知他们在想些什么。大人们真是怪怪的，我不去想他们的事，只顾同哥哥两人大声地抢着说话。

一会儿，服务员端来三盘蛋炒饭。哥哥和我合吃一盘。他说："饭里有火腿丁，好香。"我尝了一口说："没有妈妈炒的好吃，妈妈是喷了阿荣伯酿的红米酒的。"于是我就一五一十告诉哥哥，阿荣伯有多能干。田里的事，厨房里的事，都少不了他。他又会讲好多好多故事给妈妈和我听。哥哥说："到了杭州，马上写信告诉阿荣伯坐火车的情形。"爸爸说："过年时，我会接他到杭州玩一个月，你们可得好好跟老师读书哟！"

说起读书，哥哥马上就背了好几首唐诗给我听，听得我一愣一愣的。他又得意地说："老师不但教我读诗和古文，还教我读自然科学的书。我们现在坐的火车，就是运用蒸汽的力量推动机器的。"

说着说着，他就朗朗地念起一段课文来。我听不懂，他就一句一句解说给我听。直到如今，我仍记得牢牢的。他念道：

"煮沸釜中水，化气如烟腾。缩之不使泄，涨力千倍增。导之入广管，牵引运车轮。交通与工业，般般用其能。谁为发明者，瓦特即其人。"

哥哥说："瓦特是一位了不起的科学家。他幼年时，就绝顶聪明，看见茶壶里的水滚了，蒸汽把盖子都顶开来，就知道蒸汽的力量很大，后来就发明了利用蒸汽，推动机器，造福人群。"

我听了好感动，也很佩服哥哥的学问真好。哥哥说："我将来也要做个发明家。"我呆呆地看着他，他脸瘦瘦的，手臂也细细的。我说："哥哥，你要当发明家，就要多吃饭，长胖点，才有力气发明东西呀。"他大笑说："你这个乡下姑娘，只知道吃饭，聪明的人是不多吃饭的，脑子才会灵活呀。"听得爸爸妈妈都笑了。

正说着，服务员端来两杯红茶，上面各漂着一片柠檬。盘子里两粒方糖。我们小孩子没有份，妈妈就把她的一杯给我们了。

柠檬红茶加上方糖，这是我梦想中的甜甜汤。高高的玻璃杯，浓浓的红茶，柠檬究竟是什么味道呢？我把鼻子凑上去闻闻，好香，忍不住先喝了一口，酸酸涩涩的。哥哥马上把方糖放进去，用茶匙调匀了，我俩一人一口轮流地，慢慢地品尝。哥哥说："这是你第一次坐火车，第一次喝柠檬茶，你这个乡下姑娘。"哥哥笑我是乡下姑娘，我一点不生气，我只要能见到新奇事物就好开心。

到了杭州，我们马上写信给阿荣伯。哥哥学问好，洋洋洒洒写了一大篇，详详细细告诉阿荣伯我们坐火车的情形。我说阿荣伯认不得多少字，别写太长了。我就在后面画了一列长长的火车，像一条正在爬行的蚕宝宝。

从那次坐火车以后，我就常常要求大人带我和哥哥去火车站看火车，听"嘟嘟嘟"的汽笛声。晚上睡觉以前，总要妈妈给我泡一杯柠檬红茶。妈妈说柠檬不像橘子，很难买得到，就用橘子皮代替。她说橘子皮更好，清肺补气的。爸爸觉得很有道理，竟然也喝起橘子皮红茶来了。

阿荣伯的回信来了。黄黄的粗纸上，画了一条大火轮，有汽笛，有门窗，窗子里伸出两个孩子的头，一定是哥哥和我吧！一个壮汉在船头把舵。边上写着："火轮火车一样好，橘子柠檬一样香，你们兄妹早点回家乡。"端端正正的字，我知道是他请唱鼓儿词的先生代写的。阿荣伯常请他代写家书给他侄子的。可是我看着念着，念着看着，想起阿荣伯牵我走田埂路去看小火轮的情景，就不禁眼泪汪汪的又要哭了。

在杭州的日子并不太快乐，因为爸爸很忙，他每天都去司令部办公，回来也少说话，总是很严肃的样子，连那次在火车上的笑容都再也没看到了。妈妈一天到晚静静地坐在房间里绣花。哥哥上学去了，我一个人好冷清。

不知为什么，爸爸忽然有一天不再去司令部办公，妈妈说他辞职了，而且要带哥哥去北京，命妈妈带我再回家乡。爸爸令出如山，我们活生生一对兄妹，又要被拆散了。这次我闷闷地坐在火车上，再也没心思看窗外的风景，也没心思吃蛋炒饭、喝柠檬红茶了；没有哥哥同我在一起，什么都不好玩了。我心中怨恼爸爸，又想念哥哥。

回到家乡以后，就哭着向慈爱的阿荣伯诉说，阿荣伯直摇头叹气说："就这么一对亲骨肉兄妹，总要团聚在一起才是呀！你那个军官爸爸也不知是怎么个想法。你妈妈也太豆腐性子了。"后来我才知道，爸爸竟讨了个姨娘，把她安顿在北京，妈妈知道了，才气得宁可回家乡。但她为什么让爸爸带走哥哥呢？大人的事，我真搞不明白。现在又硬生生地要和哥哥分手，我哭得连五脏六腑都倒转过来了，难道妈妈不伤心吗？

妈妈带我回到家乡以后，像是变了一个人，整天咬紧嘴唇，不再有说有笑。在厨房里忙碌时，再也不像以前边做事边唱"十送郎""千里送京娘"了。有时坐在佛堂里低声念经，有时会恍恍惚惚地对我说："小春，那年我们一家坐火车由上海到杭州，你跟你哥哥抢着吃蛋炒饭、喝红茶，我跟你爸爸看着你们笑，现在想想像是一场梦呢。不去想了，只要你哥哥好就好。"我已渐渐懂事，知道妈妈的心有多苦。只好忍下满眶泪水，不说一句话。

阿荣伯渐渐老了。我们再也没心思一同去后河边看小火轮到埠的情景了，唯一盼望的是哥哥的来信。火轮到时，好心的邮差会特地把信送到我家来的。可是哥哥的信越来越少，因为他病了，没有力气写信。盼着盼着，谁知最后盼到的竟是哥哥不幸去世的噩耗。我们母女和阿荣伯都哭得肝肠寸断。

死别生离，使妈妈一下子老了，我也一下子长大了。我深深体会到人心的多变，世事的无常。我只有默默陪伴忧伤的母亲，在佛堂里顶礼膜拜。看母亲两鬓苍苍，真担心她如何承受丧子之痛。

往事悠悠，回想我们兄妹会少离多，怎么也没想到那一回和哥哥同坐火车，是第一次，竟也是唯一的一次呢？

妈妈的手

忙完了一天的家务，感到手臂一阵阵地酸痛，靠在椅子里，一边看报，一边用右手捶着自己的左肩膀。儿子就坐在我身边，他全神贯注在电视的荧屏上，何曾注意到我。我说："替我捶几下吧！"

"几下呢？"他问我。

"随你的便。"我生气地说。

"好，五十下，你得给我五毛钱。"

于是他双拳在我肩上像擂鼓似的，嘴里数着"一、二、三、四、五……"像放连珠炮，不到十秒钟，已满五十下，把手掌一伸："五毛钱。"

我是给呢，还是不给呢？笑骂他："你这样也值五毛钱吗？"他说："那就再加五十下，我就要去写功课了。"我说："免了、免了，五毛钱我也不能给你，我不要你觉得挣钱是这样容易的事。尤其是，给长辈做一点点事，不能老是要报酬。"

他噘着嘴走了。我叹了口气，想想这一代的孩子，再也不同于上一代了。要他们鞠躬如也地对长辈杖履追随，已经是不可能的事。所以，作为二十世纪七十年代的中老年人，第一是身体健康，吃得下，睡得着，做得动，跑得快，事事不要依仗小辈。不然的话，你会感到无限的孤单、寂寞、失望、悲哀。

我却又想起，自己当年可曾尽一日做儿女的孝心？

从我有记忆开始，母亲的一双手就是粗糙多骨的。她整日忙碌，从厨房忙到稻田，从父亲的一日三餐照顾到长工的"接力"。一双放大的小脚没有停过。手上满是裂痕，西风起了，裂痕张开红红的小嘴。那时哪来像现在主妇们用的"沙拉脱""新奇洗洁精"等等的中性去污剂，洗刷厨房用的是强烈的碱水，母亲在碱水里搓抹布，有时疼得皱着眉，却从不停止工作。洗刷完毕，喂完了猪，这才用木盆子打一盆滚烫的水，把双手浸在里面，浸好久好久，脸上挂着满足的笑，这就是她最大的享受。泡够了，拿起来，拉起青布围裙擦干。抹的可没有像现在这么讲究的化妆水、保养霜，她抹的是她认为最好的滋润膏——鸡油。然后坐在吱吱咯咯的竹椅里，就着菜油灯，眯起近视眼，看她的《花名宝卷》。这是她一天里最悠闲的时刻。微弱而摇晃的菜油灯，黄黄的纸片上细细麻麻的小字，就她来说实在是非常吃力。我有时问她："妈，你为什么不点洋油灯呢？"她摇摇头说："太贵了。"我又说："那你为什么不去爸爸书房里照着明亮的洋油灯看书呢？"她更摇摇头说："你爸爸和朋友们作诗谈学问。我只是看小书消遣，怎么好去打搅他们。"

她永远把最好的享受让给爸爸，给他安排最清静舒适的环境，自己在背地里忙个没完，从未听她发出一声怨言。有时，她真太累了，坐在板凳上，捶几下胳膊与双腿，然后叹口气对我说："小春，别尽在我跟前绕来绕去，快去读书吧。时间过得太快，你看妈一下子就已经老了，老得太快，想读点书已经来不及了。"

我就真的走开了，回到自己的书房里，照样看我的《红楼梦》《黛玉笔记》。老师不逼，绝不背《论语》《孟子》。我又何曾想到母亲勉励我的一番苦心，更何曾想到留在母亲身边，给她捶捶酸痛的手臂？

四十年岁月如梦一般消逝，浮现在泪光中的，是母亲憔悴的容颜与坚忍的眼神。今天，我也到了母亲那时的年龄，而处在高度工业化的现代，接触面是如此地广，生活是如此地匆忙，在多方面难以兼顾之下，便不免变得脾气暴躁，再也不会有母亲那样的容忍，终日和颜悦色对待家人了。

有一次，我在洗碗，儿子说："妈妈，你的手背上的筋一根根的，就像地图上的河流。"

他真会形容。我停下工作，摸摸手背，可不是一根根隆起，显得又瘦又老。这双手曾经是软软、细细、白白的，不知从什么时候开始，它变得这么难看了呢？也有朋友好心地劝我："用个女工吧，何必如此劳累呢？你知道吗？劳累是最容易催人老的啊！"可不是，我的手已经不像五年前、十年前了，抹上什么露什么霜也无法使它们丰润如少女的手了。不免想，为什么让自己老得这么快？为什么不雇个女工，给自己多点休息的时间，保养一下皮肤，让自己看起来年轻些?

可是，每当我在厨房炒菜，外子下班回来，一进门就夸一声"好香啊!"孩子放下书包，就跑进厨房喊："妈妈，今晚有什么好菜，我肚子饿得咕嘟嘟直叫。"我就把一盘热腾腾的菜捧上饭桌，看父子俩吃得如此津津有味，那一份满足与快乐，从心底涌上来，一双手再粗糙点，又算得了什么呢?

有一次，我切肉不小心割破了手，父子俩连忙为我敷药膏包扎，还为我轮流洗盘碗。我应该感到很满意了。想想母亲那时，一切都只有她一个人忙，割破手指，流再多的血，她也不会喊出声来。累累的刀痕，谁又注意到了?那些刀痕，不仅留在她手上，也戳在她心上，她难言的隐痛是我幼小的心灵所不能了解的。我还时常坐在泥地上撒赖啼哭，她总是把我抱起来，用脸贴着我满是眼泪鼻涕的脸，她的眼泪流得比我更多。母亲啊!我当时何曾懂得您为什么哭。

我生病，母亲用手揉着我火烫的额角，按摩我酸痛的四肢，我梦中都拉着她的手不放——那双粗糙而温柔的手啊!

如今，电视中出现各种洗衣机的广告，如果母亲还在世的话，她看见了"海龙""妈妈乐"等洗衣机，一按钮子，左旋转，右旋转，脱水，很快就可穿在身上，一定会眯起近视眼笑着说："花样真多，今天的妈妈可真乐呢!"可是母亲是一位永不肯偷懒的勤劳女性，即使我买一台洗衣机给她，她一定连连摇手说："别买别买，按电钮究竟不及按人钮方便，机器哪抵得双手万能呢!"

可不是吗？万能的电脑，能像妈妈的手，炒出一盘色、香、味俱佳的菜吗？

桥头阿公

幼年时，常看见妈妈微微皱起眉头，自言自语，好像有什么疑难问题的样子，我就会喊："妈妈，您别发愁，我去请桥头阿公来商量。"妈妈就会高兴地说："对啊，你快去请桥头阿公来！"

桥头阿公是我们全村敬重的老爷爷，他住在一座竹桥那头的小镇上，大家都尊称他桥头阿公。

那时他六十多岁，走路飞快。手捏旱烟管，烟丝袋挂在腰带上荡来荡去。他来我家都是和阿公各人一把竹椅子，对坐在厨房外的走廊里说古道今。两位老人性格不同，外公一团和气，喜欢讲笑话逗人乐；桥头阿公却有点严肃，不苟言笑。他有个外号叫"单句讲"，意思是一句话吩咐出来，就令出如山，绝无更改。他是地方上的权威审判官，人人都敬畏他，有什么疑难纠纷，都要请他做裁决。他一声不响地先听大家说，抽完一筒旱烟，在石板地上"托托"地敲着烟灰，才开口说话。再复杂的纠纷，他三言两语就给判定了，大家都口服心服。外公也摸着胡须夸他："你到底是认得几个白眼字的桥头公，不像我这个只会啃番薯的山头公。"（白眼字是我家乡的土话，认得很少字的意思。）

妈妈听了就笑眯眯地说："桥头阿公，山头阿公，都像神仙伯伯一样，哪个人不喜欢、不敬重呢？"

我趴在外公怀里，啃着桥头阿公给我的炒米花糖，闻着他一口口喷出来的旱烟味，感到好温暖啊！

爸爸从北京回来，就恭恭敬敬地去给桥头阿公请安，接他到家里来吃丰盛的午餐。爸爸敬他一支加利克香烟，他摇摇头说："我不抽洋烟，乡下的烟丝才是去火气的。"爸爸给他斟一杯白兰地酒，说这是多年陈酒。他有点生气地说："喝什么白兰地？自己家酿的陈年老酒多香呀！"爸爸只好唯唯听命。我坐在外公身边，看神气的爸爸也得听桥头阿公的训，心里好高兴。妈妈站在一边，笑眯眯地说："洋酒与土酒，洋烟与土烟，各有味道，也像人一样，各有不同脾气吧！"

一点不错，我的山头阿公慈眉善目，笑口常开；可是"单句讲"的桥头阿公，却很少有笑容。我见了他也有点怕。但当我用心写字读书的时候，他也会走来摸摸我的头，从口袋里掏出一枚银角子给我说："存起来。"也是"单句讲"。我捏着那枚暖烘烘的银角子，仰脸望着桥头阿公，顿时觉得他也慈眉善目起来。

我渐渐长大以后，也渐渐懂得为什么桥头阿公这样受人敬重，实在是由于他温而厉的性格，正直不阿的做人原则。他为乡人排难解纷的智慧与魄力，令人由衷地钦佩。难怪像我父亲那样一个曾经叱咤风云、当过师长的人，都那么敬畏他呢！这使我记起两件事来：

有一次父亲忽然兴致起来了，命我捧着钓饵、提了水桶，跟他去门前河边钓鱼。他把大把的钓饵撒下去，然后垂下钓丝，一下子就钓起一条活蹦乱跳的鱼来，放进水桶里。我看鱼在水桶里惊慌的样子，心里有点不忍，就求父亲说："爸爸，我们把鱼放了好不好？"父亲生气地说："特地钓的鱼，为什么要放掉？"我就不敢作声了。乡人看见"师长"在钓鱼，只站着看一下就走了。因为这条河是没有人敢大把地撒钓饵的。桥头阿公正巧走过，立刻命令道："把鱼放回河里去，活生生的鱼，为什么要把它钓上来？这条河要保持清洁，不能撒钓饵的。"我觉得好奇怪，怎么"单句讲"的桥头阿公竟然会一口气说了那么多话？他一定是很生气吧？父亲被训得没有了兴致，只好带我提了水桶回家了。过了好一会儿，父亲用低沉的声音说："桥头阿公的话是有道理的。河里的水，是供全村的人饮用的，应当保持清洁才对。"

如今想想，桥头阿公在那个时候就已经有环保意识了。而父亲的勇于认过，也给我留下深刻印象。

又有一回，桥头阿公看见我在竹桥上来回走着玩。他说："这条竹桥是两岸的通道，你在上面跳来跳去，不是挡住来往行人吗？"吓得我赶紧下来了。他却又说："你爱走桥，我带你去踩后山溪那条石丁步。来回踩几次，胆子就大了，脚步也稳了。"我只好战战兢兢地被他牵着手去踩石丁步。

所谓的"石丁步"，就是在急流的溪水上，排着大小高低不太平均的石块，乡下人往山里挑担子下来，不愿绕路去走那条摇摇晃晃的竹桥，都走这条石丁步，很快就可到镇上了。他们穿着草鞋，踩石丁步健步如飞。而我一跨上那斜斜的石块，腿就发软。桥头阿公说："这才是真正走桥，一步步跨过去。眼往前看，心不要慌，脚步就稳了。"我只好紧紧捏着他的手臂，一步步地跨过去，心里虽然害怕，却也走完了一条石丁步，胆子马上壮了不少。我放开桥头阿公的手臂，自己再试走一遍。心不跳了，脚步也稳多了。

回来得意地告诉母亲说："妈妈，我会踩石丁步了。是桥头阿公带我踩的。"母亲高兴地说："是应当多练练胆子的。做一个人，一生一世不知要走多少座桥，过一座桥就到一个新的地方，多开心呀！你要牢牢记住桥头阿公是怎样教你踩石丁步的，石丁步比桥难走多了。"

到今天，我仍记得桥头阿公那只扶着我的稳健手臂，和带我踩石丁步的高兴神情。他教了我许许多多道理，他并不是严肃的"单句讲"，而是一位跟外公一样慈爱的爷爷。

友　情

　　我心中总有一对金手镯，一只套在我自己手上，一只套在阿月手上，那是母亲为我们套上的。

玻璃珠项链

　　琳琳和珍珍是五年级的同班同学，她们高矮相同，脸都是圆团团胖嘟嘟的，位置又刚好是前后排坐在一起。因此她俩总是手牵手同进同出，感情愈来愈好。同学们都说她俩就像是一对双胞胎。她们自己觉得彼此息息相关，情同手足。于是就相约，一定要有福同享、有难同当。有什么吃的、玩的，都要两人分享。同学们都羡慕地称赞她俩手足情深，连老师都夸她们是班上一对可爱的双胞胎。

　　有一天，琳琳的妈妈给琳琳买了一串水晶玻璃的项链。琳琳把它带到学校里向同学们献宝。下课休息的时候，每一个同学都试着在脖子上挂一下，荡来荡去过过瘾。轮到珍珍挂上的时候，她对琳琳说："明天星期六晚上，妈妈要带我去看戏，你把这串项链借我戴上，和戏台上的亮晶晶花旦比一比，看哪个漂亮。"

　　琳琳迟疑了一下说："不行吨，明天晚上妈妈也要带我去参加喜宴，我一定要戴这串项链的呀。"

　　珍珍说："那就算了。"可是她心里有点不太高兴，想起上一个星期，自己刚刚把一个别出心裁、用金银丝线编结出来的别针送给琳琳，现在向她借一下珠链都舍不得，还说什么手足情深、有福同享呢？

在上算术课时，琳琳有一道题写错了几个数字，在书包里找不到橡皮擦，就向珍珍借用一下。珍珍的橡皮擦是新买的，红绿蓝三色，非常漂亮，放在铅笔盒里很醒目。可是当琳琳向她借用的时候，她却说："我不借你，因为我现在就要用。"说着就拿起橡皮擦来使劲地擦。

琳琳说："好小气啊，橡皮擦都舍不得借一下。"珍珍马上说："你才小气呢，珠链子不舍得借一下。"琳琳说："我是自己真的要戴呀。"珍珍说："我也是自己真正要擦呀。"

谁也没有想到，这一对好朋友会为这一点小事不开心了。放学时，她们没有手牵手地走出校门，同学们都觉得好奇怪。

第二天上学时，她们心里都很后悔，闭着嘴。同学们都好替她们着急。

下午的唱游课，老师要同学表演一个节目，是临时自编自演的。老师看出琳琳和珍珍今天神情有点不对，就故意点了她们俩，再加上另一个同学（她是班长）三人同演一出短剧。班长比较老练，演妈妈，在扫地。琳琳、珍珍演两姊妹，珍珍就在书桌上写字，抬头喊道："妈，我好饿啊，有什么吃的没有？"琳琳在地板上看画报，一声不响。她心想，我就一直不作声，演哑剧好了。演妈妈的问："去厨房里看看有什么吃的！"珍珍站起来跑到自己座位的书包里，拿了两块饼干，自己吃一块，递给琳琳一块说："琳琳，吃饼干。"琳琳感到很不好意思，又感激地接过来说："谢谢你，珍珍姐姐。"演妈妈的说："琳琳这几天有点无精打采，你陪她练练钢琴吧！"一提起钢琴，琳琳就好难过，因为她感到自己没有音乐细胞，老师总是责备她。于是她生气地说："我最讨厌钢琴，我才不要练呢！"她眼睛瞪着珍珍，仿佛珍珍就是钢琴老师。没想到珍珍却和蔼地说："琳琳，不要生气嘛，来，我陪你一起弹，就弹那首我们都很熟的 *Long Long Ago* 好吗？"

她们走到教室的钢琴边，并排儿坐下来，一同弹出她们最喜欢最熟的那首曲子来。弹完一首，琳琳跑到座位上，从书包里取出一样东西，对珍珍说："你闭上眼睛，伸出双手，我送你一样东西。"珍珍伸出手，感到手心里落入一样沉甸甸光滑滑的东西，睁眼一看，那不是琳琳的玻璃珠项链吗？琳琳问："珍珍，你喜欢吗？"珍珍说："我当然喜欢啦。可是，这是演戏吧？"琳琳说："不是演戏，我真的把它送给你，我们是真的手足情深呀。"珍珍马上跑去拿了三色橡皮擦给琳琳说："这是给你的。"

全班同学都拍起手来。老师弹起钢琴，带领大家合唱："兄弟姊妹，如足如手，欢乐同享，患难同当。相亲相爱，如足如手……"

琳琳和珍珍都感动得掉下泪来。同学们一齐涌上来，围着她们，因为她们言归于好的快乐，深深感染了大家。

　　放学时，琳琳和珍珍又手牵手，一同走出校门。琳琳有点羞涩地对珍珍说："我真羡慕你弹琴的手指那么灵活，就像小鸟儿在琴键上跳舞似的。我好生气自己的手指那么僵硬，今天若不是你陪我弹，我一定弹不好。"

　　"你的手指一点也不僵硬，我们的手指都是小麻雀儿，一同跳跃得好开心啊！"珍珍把琳琳的手捏得紧紧地，又亲昵地喊："琳琳！这串玻璃珠项链，是我们两个人的，有时你戴，有时我戴，我们连在一起，永远不分离。"她们的两只小手儿捏得更紧了。

一对金手镯

　　我心中一直有一对手镯，是软软的十足赤金的，一只在我自己手腕上，另一只套在一位异姓却亲如同胞姊姊的手腕上。

　　她是我乳娘的女儿阿月，和我同年同月生，她是月半，我是月底，所以她就取名阿月。母亲告诉我说，周岁前后，这一对"双胞胎"就被拥抱在同一位慈母怀中，挥舞着四只小拳头，对踢着两双小胖腿，吮吸丰富的乳汁。是因为母亲没有奶水，把我托付给三十里外邻村的乳娘，吃奶以外，每天一人半个咸鸭蛋，一大碗厚粥，长得又黑又胖。一岁半以后，伯母坚持把我抱回来，不久就随母亲被接到杭州。这一对"双胞姊妹"就此分了手。临行时，母亲把舅母送我的一对金手镯取出来，一只套在阿月手上，一只套在我手上，母亲说："两姊妹都长命百岁。"

　　到了杭州，大伯看我像块黑炭团，塌鼻梁加上斗鸡眼，问伯母是不是错把乳娘的女儿抱回来了。伯母生气地说："她亲娘隔半个月都去看她一次，怎么会错？谁舍得把亲生女儿给了别人？"母亲解释说："小东西天天坐在泥地里吹风晒太阳，怎么不黑？斗鸡眼嘛，一定是两个对坐着，白天看公鸡打架，晚上看菜油灯花，把眼睛看斗了。阿月也是斗的呀。"说得大家都笑了。我渐渐长大，皮肤不那么黑了，眼睛也不斗了，伯母得意地说："女大十八变，说不定将来还会变观音面哩。"可是我究竟是我还是阿月，仍常常被伯母和母亲当笑话谈论着。每回一说起，我就吵着要回家乡看双胞姊姊阿月。

七岁时，母亲带我回家乡，第一件事就是去看阿月，把我们两个人谁是谁搞个清楚。乳娘一见我，眼泪扑簌簌直掉。我心里纳闷，你为什么哭？难道我真是你的女儿吗？我和阿月各自依在母亲怀中，远远地对望着，彼此都完全不认识了。我把她从头看到脚，觉得她没我穿得漂亮，皮肤比我黑，鼻子比我还扁，只是一双眼睛比我大，直瞪着我看。乳娘过来抱我，问我记不记得吃奶的事，还絮絮叨叨说了好多话，我都记不得了。那时心里只有一个疑团，一定要直接跟阿月讲。吃了鸡蛋粉丝，两个人不再那么陌生了，阿月拉着我到后门外矮墙头坐下来。她摸摸我的粗辫子说："你的头发好乌啊。"我也摸摸她细细黄黄的辫子说："你的辫子像泥鳅。"她啜了下嘴说："我没有生发油抹呀。"我连忙从口袋里摸出个小小瓶子递给她说："呶，给你，香水精。"她问："是抹头发的吗？"我说："头发、脸上、手上都抹，好香啊。"她笑了。她的门牙也掉了两颗，跟我一样。我顿时高兴起来，拉着她的手说："阿月，妈妈常说我们两个换错了，你是我，我是你。"她愣愣地说:"你说什么?我不懂。"我说:"我们一对不是像双胞吗?大妈和乳娘都搞不清谁是谁了,也许你应当到我家去。"她呆了好半天,忽然大声地喊:"你胡说,你胡说,我不跟你玩了。"就掉头飞奔而去,把我丢在后门外。我骇得哭起来了。母亲跑来带我进去,怪我做客人怎么跟姊姊吵架。我愈想愈伤心,哭得抽抽噎噎地说不出话来。乳娘也怪阿月,并说:"你看小春如今是官家小姐了,多斯文呀。"听她这么说,我心里好急,我不要做官家小姐,我只要跟阿月好。阿月鼓着腮,还是好生气的样子。母亲把她和我都拉到怀里,捏捏阿月的胖手,她手上戴的是一只银镯子,我戴的是一对金手镯。母亲从我手上脱下一只,套在阿月手上说:"你们是亲姊妹,这对金手镯,还是一人一只。"我当然已经不记得第一对金手镯了。乳娘说:"以前那只金手镯,我收起来等她出嫁时给她戴。"阿月低下头,摸摸金手镯,它撞着银手镯叮叮作响。乳娘从蓝衫里面掏了半天,掏出一个黑布包,打开取出一块亮晃晃的银元,递给我说:"小春,乳娘给你买糖吃。"我接在手心里,还是暖烘烘的,眼睛看着阿月,阿月忽然笑了。我好开心,两个人再手牵手出去玩,我再也不敢提"两个人搞错"那句话了。

我在家乡待到十二岁才再去杭州,但和阿月却并不能时常在一起玩。一来因为路远,二来她要帮妈妈种田、砍柴、挑水、喂猪,做好多好多的事。而我天天要背古文,《论语》《孟子》,不能自由自在地跑去找阿月玩。不过逢年过节，不是她来就是我去。我们两个肚子都吃得鼓鼓的，跟蜜蜂似的。彼此互赠了好多礼物，她送我用花布包着树枝的坑姑娘（乡下女孩子自制的玩偶）、小溪里捡来的均匀的圆卵石、细竹枝编的戒指与项圈。我送她大英牌香烟盒、水钻发夹、印花手帕。她教我用指甲花捣出汁来染指甲。两个人难得在一起，真是玩不厌地玩，说不完地说。可是我一回到杭州以后，彼此就断了音信。她不认得字，不会写信。我有了新同学，也就很少想到她。有一次听英文老师讲马克·吐温的双胞弟弟掉在水里淹死了，马克·吐温说："淹死的不知是我还是弟弟。"全课堂都笑了。我忽然想起阿月来，写封信给她也没有回音。分开太久，是不容易一直记挂着一个人的。但每当整理抽屉，看见阿月送我的那些小玩意时，心里就有点怅怅惘惘的。年纪一天天长大，尤其自己没有年龄接近的姊妹，就不由得时时想起她来。母亲那时早已一个人回到故乡，过着寂寞幽居的生活。我十八岁重回故乡，母亲双鬓已斑，乳娘更显得白发苍颜。乳娘紧握我双手，她的手是那么地粗糙，那么地温暖。她眼中泪水又涔涔滚落，只是喃喃地说："回来了好，回来了好，总算我还能看到你。"我鼻子一酸，也忍不住哭了。阿月早已远嫁，正值农忙，不能马上来看我。十多天后，我才见到渴望中的阿月。她背上背一个孩子，怀中抱一个孩子，一袭花布衫裤，像泥鳅似的辫子已经翘翘地盘在后脑。原来十八岁的女孩已经是两个孩子的母亲了。我一眼看见她左手腕上戴着那只金手镯。而我却嫌土气没有戴，心里很惭愧。她竟喊了我："大小姐，多年不见了。"我连忙说："我们是姊妹，你怎么喊我大小姐？"乳娘说："长大了要有规矩。"我说："我们不一样，我们是吃您奶长大的。"乳娘说："阿月的命没你好，她十四岁就做了养媳妇，如今都是两个女儿的娘了。只巴望她肚子争气，快快生个儿子。"我听了心里好难过，不知怎么回答才好，只得说请她们随我母亲一同去杭州玩。乳娘连连摇头说："种田人家哪里走得开？也没这笔盘缠呀！"我回头看看母亲。母亲叹口气，也摇了下头，原来连母亲自己也不想再去杭州。我感到一阵茫然。

当晚我和阿月并肩躺在大床上，把两个孩子放在当中。我们一面拍着孩子，一面琐琐屑屑地聊着别后的情形。她讲起婆婆嫌她只会生女儿就掉眼泪，讲起丈夫，倒露出一脸含情脉脉的娇羞，真祝望她婚姻美满。我也讲学校里一些有趣顽皮的故事给她听，她有时咯咯地笑，有时眨着一双大眼睛出神，好像没听进去。我忽然觉得我们虽然靠得那么近，却完全生活在两个世界里。我们不可能再像第一次回家乡时那样一同玩乐了。我跟她说话的时候，都得想一些比较普通、不那么文绉绉的字眼来说，不能像同学一样，嘻嘻哈哈，说什么马上就懂。我呆呆地看着她的金手镯，在橙黄的菜油灯光里微微闪着亮光。她爱惜地摸了下手镯，自言自语着："这只手镯，是你小时回来那次，太太给我的。周岁给的那只已经卖掉了。因为爸爸生病，没钱买药。"她说的太太指的是我母亲。我听她这样称呼，觉得我们之间的距离又远了，只是呆呆地望着她没作声。她又说："爸爸还是救不活，那时你已去了杭州，只想告诉你却不会写信。"他爸爸什么样子，我一点印象都没有，只是替阿月难过。我问她："你为什么这么早就出嫁？"她笑了笑说："不是出嫁，是我妈叫我过去的。公公婆婆借钱给妈做坟，婆婆看我还会帮着做事，就要了我。"说这些话的时候，她的眼睛一直是半开半闭的，好像在讲一个故事。过了一会儿，她睁开眼来，看看我的手说："你的那只金手镯呢？为什么不戴？"我有点愧赧，讪讪地说："收着呢，因为上学不能戴，也就不戴了。"她叹了口气说："你真命好，能去上学，我是个乡下女人。妈说得一点不错，一个人注下的命，就像钉下的秤，一点没得反悔的。"我说："命好不好是由自己争的。"她说："怎么跟命争呢？"她神情有点黯淡，却仍旧笑嘻嘻的。我想如果不是我一同吃她母亲的奶，她也不会有这种比较的心理，所以还是别把这一类的话跟她说得太多，免得她知道太多了，以后心里会不快乐的。人生的际遇各自不同，我们虽同在一个怀抱中吃奶，我却因家庭背景不同，有机会受教育。她呢？能安安分分、快快乐乐地做个孝顺媳妇、勤劳妻子、生儿育女的慈爱母亲，就是她一生的幸福了。我虽知道和她生活环境距离将日益遥远，但我们的心还是紧紧靠在一起，彼此相通的。因为我们是"双胞姊妹"，我们吮吸过同一位母亲的乳汁，我们的身体里流着相同成分的血液，我们承受的是同等的爱。想着这些，我忽然止不住泪水纷纷地滚落。因为我即将回到杭州续学，虽然有许多同学，却没有一个曾经拳头碰拳头、脚碰脚的同胞姊妹。可是我又有什么能力接阿月母女到杭州同住呢？

婴儿啼哭了，阿月把她抱在怀里，解开大襟给她喂奶。一手轻轻拍着，眼睛全心全意地注视着婴儿，一脸满足的神情。我真难以相信，眼前这个比我只大半个月的少女，曾几何时，已经是一位完完全全成熟的母亲。而我呢？除了啃书本，就只会跟母亲闹别扭，跟自己生气，我感到满心的惭愧。

阿月已很疲倦，拍着孩子睡着了。乡下没有电灯，屋子里暗洞洞的。只有床边菜油灯微弱的灯花摇曳着，照着阿月手腕上黄澄澄的金手镯。我想起母亲常常说的，两个孩子对着灯花把眼睛看斗了的笑话，也想起小时回故乡，母亲把我手上一只金手镯脱下，套在阿月手上时慈祥的神情，真觉得我和阿月是紧紧扣在一起的。我望着菜油灯灯盏里两根灯草芯，紧紧靠在一起，一同吸着油，燃出一朵灯花，无论多么微小，也是一朵完整的灯花。我觉得我和阿月正是那朵灯花，持久地散发着温和的光和热。

阿月第二天就带着孩子匆匆回去了。仍旧背上背着大的，怀里搂着小的，一个小小的妇人，显得那么坚强那么能负重任。我摸摸两个孩子的脸，大的向我咧嘴一笑，婴儿睡得好甜，我把脸颊亲过去，一股子奶香，陡然使我感到自己也长大了。我说："阿月，等我大学毕业，做事挣了钱，一定接你去杭州玩一趟。"阿月笑笑，大眼睛润湿了。母亲忽然想起一件事来，急急跑上楼，取来一样东西，原来是一个小小的银质铃铛，她用一段红头绳把它系在婴儿手臂上。说："这是小春小时候戴的，给她吧！等你生了儿子，再给你打个金锁片。"母亲永远是那般仁慈、细心。

我再回到杭州以后，就不时取出金手镯，套在手臂上对着镜子看一回，又取下来收在盒子里。这时候，金手镯对我来说，已不仅仅是一件纪念物，而是紧紧扣住我和阿月这一对"双胞姊妹"的一样摸得着、看得见的东西。我怎么能不宝爱它呢？

可是战时肄业大学，学费无着，以及毕业后的转徙流离，为了生活，万不得已中，金手镯竟被我一分分、一钱钱地剪去变卖，化作金钱救急。到台湾之初，我花去了金手镯的最后一钱，记得我拿到银楼去换现款的时候，竟是一点感触也没有。难道是离乱丧亡，已使此心麻木不仁了？

与阿月一别已将半个世纪，母亲去世已三十五年，乳娘想亦不在人间，金手镯也化为乌有了。可是年光老去，忘不掉的是点滴旧事，忘不掉的是梦寐中的亲人。阿月，她现在究竟在哪里？她过的是什么样的日子呢？她的孩子又怎样了呢？她那只金手镯还能戴在手上吗？

但是，无论如何，我心中总有一对金手镯，一只套在我自己手上，一只套在阿月手上，那是母亲为我们套上的。

五个孩子的母亲

　　我认识一对姓史密斯的美国老年夫妇。他们健康、快乐，活力非常充沛。史密斯先生原是位中学老师，已经退休好几年了。他说话缓慢而清楚，也非常风趣。他喜欢讲故事，又会做很多种游戏，变很多种戏法。单是扑克牌，他就玩了很多种魔术给我看。我这个笨脑筋，居然也跟他学会了几样简单的戏法。他还教我一个加减乘除的猜谜法，把我这个算术最差的人搞得糊里糊涂的。但是学会以后，却是屡试屡验，回来后偶然表演一下，也增加群居生活的不少情趣。为了报答他，我也把小时候从外公那儿学来的几套土把戏教给他，他大为高兴，彼此都有相见恨晚之慨。

　　他说，当老师的，一定要懂得轻松之道，要会说笑话，要会耍点小小的魔术，化教室为剧场，上课才快乐。否则，孩子们就会笨得像牛，你自己也会气得像怒吼的狮子，结果必然是两败俱伤。他那套"游戏人生"的恬然道理，岂止是可以运用在课堂里呢？

　　史密斯太太是个心宽体胖的女人，口若悬河，热心好客。那天她来接我去她家晚餐，要经过一段高速公路。她一边跟我上天下地地聊着，一边开着"飞快车"。我有点害怕，她说："你放心，车子如同我的肢体一般，操纵时根本不必用脑筋。"我问她有几个儿女，她把手掌一伸，得意地说："五个。"我"哇"了一声，表示惊叹。她大笑说："你不要吃惊。事实上我只有一个儿子，老早已经搬出去单独住了，我一点也不用挂心他。现在的五个孩子，是我的五条狗。"我又"哇"了一声。她再度哈哈大笑起来，完全像个天真的孩子。我是个爱狗的人，当然急乎乎想见到她的五个"犬子"。

车子一到她家门口，五条狗一齐飞奔而出，又跳又叫，做出各种欢迎的亲昵神态。她一只只地拥抱亲吻，凯蒂、吉米、玛丽……喊着各种的名字，然后在提包里取出甜饼，喂到它们的嘴里。看她那份欢乐，有胜于含饴弄孙的祖母。

端出咖啡与点心后，史密斯先生说："我来奏钢琴名曲给你听。"就在抽屉中取出一个圆筒筒，里面是一卷白色纸轴，纸轴上是密密麻麻的细方小孔。他说："这就是曲子。"我怎么会懂呢？也不知他是怎么样把这卷纸轴装进钢琴里的，只听得音乐已"叮叮咚咚"地奏起来。史密斯先生却走回来坐在我对面了，我一看钢琴就像有隐形人在弹奏似的，琴键自动地上下跳跃着，不由得目瞪口呆。更有趣的是那五只狗，音乐一起，就乖乖一字儿排行地端坐下来，全神贯注地歪着头听起音乐来了。真是一个奇妙的神仙家庭呢。

我问史密斯先生，这是怎样一种魔术呢？他说：

"这就好比现代的录音带。轴上的小孔就是音符。轴转动时，不同的小孔，带动不同的琴键，叩在琴弦上，发出声音，就是一支曲子。"这是非常古老的一种录音方式。但我觉得比起现代技法，尤为神奇生动。这使我想起第一次应邀访美时，在一个热心款待我的美国家庭中，他们取出一架老古董的留声机，放音乐给我听。唱盘上全是如齿的细针排列着。盘一转，细针带动弹簧发出音乐。他们告诉我那是老祖母留下的传家宝。可见人类愈是面对方便进步的现代文明，愈是怀念旧日，宝爱老古董。

一曲完毕以后，史密斯太太兴高采烈地捧出一大沓相本说："再让你欣赏另一种古董吧。"那厚厚的相片本，都是他们年轻时代的照片，和孩子幼年以及逐渐长大中的照片。她指着每一张，都像有说不完的故事。她丈夫在一旁幽默地说："你简单点讲吧，你的故事太长，吓得我们的客人没有勇气再来了。"

对着眼前的胖太太，我再不能相信她少女时代会是那么一位窈窕淑女。可见美国中年妇女要控制体重，保持身材，是得付出很大努力的。在他们的新婚照片中，新郎也是英俊挺拔，与眼前这位白发皤然的老人相比，真令人有梦境恍惚之感呢。

可是看他们对逝去的青春，这般地欣赏，对老来的相依相守如此地欣慰，我深深领悟，夫妻情爱弥坚真是人间无上幸福，其他的都无足计较了。

史密斯太太指着一张张不同的少女照片说："你看，

她们都是我儿子的女朋友，几乎一年或几个月就换一个新的，他们同居一阵子，不高兴就分手了。"

"你为他的婚姻心焦吗？"我忍不住问。

"我才不呢。"她洒脱地说，"倒是每个女孩子我都很喜欢。我觉得他的运气真好，好女孩子都被他碰上了。"

"我当年运气就不大好，碰上了你却没勇气再换了。"她丈夫插嘴道。

"如果你也像你儿子那样，我当年倒是真要考虑是不是嫁给你呢。"太太对丈夫，真是愈看愈满意的样子。

我们在谈天时，五只狗一直围绕在身边。女主人拍拍其中傻乎乎的一只说："有一天，它忽然不见了。我真是好急，到处贴条子请仁人君子见到了千万送还我，我也登了'寻狗启事'。儿子讥笑我爱狗远胜过爱他呢。"她一口饮尽咖啡，又继续说，"有一次，我尽心尽意地做了他最爱吃的甜饼，老远开车去看他。他一面啃甜饼，一面说：'你怎么放心把五个宝贝孩子放在家里，跑来看我呢？'你瞧他，对狗儿都吃起醋来了。"

"可见得他是多么重视你对他的爱。"

她又满足地仰脸笑起来。

在温暖柔和的灯光里，我看出她脸上的神情，确乎是很欣慰的。美国的老年人，只要身体健康，能吃能玩，都会自寻乐趣。对长大后的儿女，根本没有存承欢膝下的念头。台湾现代的中国家庭，有几个儿女能存有反哺之心呢？即使勉强住在一起，又有几家不是貌合神离呢？

　　我看看史密斯太太，这位拥有五个狗孩子的母亲，加上一位风趣横溢的老伴儿丈夫，她实在是非常满足快乐的。至于儿子是否娶亲，将来的儿媳是怎样一个女孩，她是绝不会像中国老母亲那么牵肠挂肚的。

载不动的友情

收到你沉甸甸的信，连忙拆开来，里面是一大沓小猫书签和你们毕业旅行的团体照，你叫我猜哪个是你。我一眼望去，每一张充满健康快乐纯朴的脸都是你，我简直分不出来，你们每一个都太可爱了。我迫不及待地翻到后面，写着左第三个是你，你居然在全体同学中照得最大（也许站得离镜头较近的关系），现在我已认识我的小朋友小娟了。同时在我眼里，你们这一群同学，我好像本来就认识似的。也好像我就在和你们一起玩，一起拍照，这也许就是所谓的投缘吧。因为我教书好多年，从小学、初中、高中，那一群群的小朋友啊，真使我好怀念，因此看到你们的照片，就像和所有的朋友又聚在一起了。对了，你说等我回台，去了台中，你们已计划好怎么陪我玩，不知会有多快乐。我要讲好多中学时代的有趣事儿给你们听，我们的淘气捣蛋以及许多惊心动魄之事会叫你们笑弯腰。还有内地的明山秀水都是你们梦寐向往的，我都会把到过的地方形容给你们听。

你说最近你妈妈常常谈起黑龙江老家，她说"那真是一片肥沃土地"。你说真希望有一天回到老家，要在黑龙江上溜冰，在长白山上赏雪，还要邀请我去玩。我真是感动。我可以想象得到你妈妈，一位到了中年的人，久别家乡——一个多么想回去而不能回去的地方——是多么地怀念啊。我也正是同样的心情，所以我老是写故乡与童年，也是一种无可奈何的心情。黑龙江，不知道会有多壮丽、多辽阔，可惜我足迹只限于小小的江南几县，连大后方重庆、桂林等山水甲天下的地方都没去过，真是虚度此生了。你们正是灿烂人生的开始，待得河清之日，一定可以遍游大陆的名山大川了。

清明节，你和妈妈去庙里烧纸钱给爸爸，你问我："这是不是有用，人死后究竟到哪里去了？"我呆呆地想了半天，真不知怎么回答你。小娟，你就当它有用吧！人死后究竟去了哪里，这是一个永远无法解答的谜。依佛家轮回的说法，人是有前生也有来世的，人死后也有灵魂，他会思念亲人、思念家乡。基督教也说人死后，上升天堂或下入地狱。但一涉到形而上的宗教或哲学，究竟太虚无缥缈，像你这般年龄，还是暂时不必探究。你就恭恭敬敬、虔虔诚诚地让你爸爸活在你心中，默祷他灵魂往西方极乐世界。西方极乐世界是理想中的最高境界，但不是幻想，是我们在现世中所当努力的，那就是"修炼"我们的心灵，向着真善美的目标走。为人做事，诚诚恳恳，把爱心尽量扩充，帮助、同情不如我们的人，向比我们贤能的人学习。如此，生活就会过得非常丰富、快乐，现世就跟天堂一般了。可惜的是我说得这么好，自己并没能做到。一个人要战胜内心的敌人真不容易，但总要努力自勉，时时警惕，否则灵魂就要堕落了。我在初中时读奥尔珂德的三部小说——《小妇人》《好妻子》《小男儿》，觉得马区先生和夫人教导四个女儿，使她们一天天在成长中体认人情世事。这一对父母所说的每句话，写的每封信，到今天都时时在我心。我真感激那位英文老师（那时这三本书是我的英文课本），她每回都用抑扬顿挫、铿锵悦耳的声调读一遍，她读那些亲切的词句，就像是我们自己的父母亲在对我们说话，使我们牢记心头，时时试着去实行，使我们在小女孩时代，能在和煦的阳光雨露中长大。如果说我的性情没有变得非常乖戾，一半是由于这位老师将这三本书的温暖带给我们。所以我顺便也告诉你，你何妨去找来一读，即使英文原文也是非常浅近易读的；看好的译本也可以，但不要看节译本，时常会将精彩之处删节，太可惜了。

我还要告诉你的，就是逢年过节对先人长辈的祭奠，主要是一份思亲的孝心，并不是迷信。儒家伦理的"孝"字，意义无穷，一个孝顺父母的人，一定也能够尊敬别人的长辈，友爱自己的兄弟，与朋友交而有信，将来自己也一定是慈爱的父母。广义的"孝"真个是无所不包，就是《论语》所说的"弟子入则孝，出则悌，泛爱众而亲仁"的道理。可惜生在忙碌而现实的工商业社会的现代人，有许多都忽视了孝，还认为"愚孝"是很不合时宜的行为。时代不同，价值观不同了，许多行为，自然应当随机应变，因情况而变通，但"孝心"是不变的道德标准之一。我读了你几封来信以后，从字里行间，就看出你是个孝顺孩子，有一颗极善的心灵，爱父母、爱朋友，而且爱护小动物。在爱心中，人与人之间真是容易接近。所以由于你的阅读书刊和写信，我们的心灵就沟通了。你说"收到你的信好高兴，在人生的旅途上，我又多了一位关心爱护我的知己"，我又未始不高兴呢？

你第一次寄给我一张咪咪的照片，就托它把祝福带给我。这次你又把自己所搜集的全部的咪咪书签都寄给我。我告诉你我还有一个念高一的小朋友，和你一样地纯朴天真可爱，我们已通了两年的信，还没见过面呢，她也是把各式各样的美丽小卡片寄给我。上一次，她寄来一张浅紫色的：一个小女孩在朦胧的晨光中跪着祈祷，小小的双手合着掌，一脸的虔诚，她在背面写着："这是我最喜爱的，送给您。"你寄给我的，也是每张上都有发人深思的美好词句，有一张是一个长发小女孩，抱着小花猫，笑得好甜，上面写着："徘徊在脑海里的回忆，就是最好的祝福。"望着这些小女孩，就像看见你们，也好像这小女孩是我自己的幼年时代。珍贵的友情，把年光缩得那么短，使我这个年逾花甲的"中年人"（我不愿说自己是老年人），与你们之间没有一点距离。你们的友情，像春雨似的淋在我心田上，使我感到人生是如此地美好。

这几天，电视台时常播放二十年代的小童星秀兰·邓波儿的影片，她那童稚的歌喉，好令人陶醉。一听就会使我想起初中时代看她的电影，那一段的着迷，我一有零用钱就买她的照片。如今她正度过五十岁的欢乐生辰，她当过大使、礼宾司司长，是一位成功的外交家。为了事业与家庭，她放弃了喜爱的银幕生涯。她容光焕发，唇边的小小酒窝依旧，荧光幕上出现她五十岁与五岁的照片，真是逗人遐思。四五十年的岁月，在秀兰·邓波儿真是多姿多彩，她可以说一点也没有老，谁说岁月无情呢？可是看看她，却忽然使自己警惕、惭愧，上天给人类的是公平的年光，为什么我们就不知道好好运用呢？

我拍的几张雪地里的照片，竟一直未去取来，等下次给你寄去。在台湾不能想象有这样厚的雪，这会使你更想念长白山、黑龙江了。

你今年毕业，所以附寄给你小小礼物一件，希望你喜欢，我认为是很淡雅别致的。

夜深了，祝你：

健康、进步，并代问你妈妈安好！

人情

　　日月飞逝，那个讨粽子的小女孩，她一脸悲苦的神情，她
一双吃惊的眼睛和她坚决地快跑而逝的背影，时常浮现在我
脑海。

水是故乡甜

此次经欧洲来美，一路上喝得最多的是矿泉水。因为其他各种五颜六色的饮料，价钱既贵又不解渴。只有矿泉水，喝起来清清淡淡中略带苦涩，倒似乎别有滋味。欧洲人都喜欢喝矿泉水，据说对健康有益。尤其是意大利的矿泉水是出名的。看他们一个个红光满面、体魄壮健，是否矿泉水之功呢？

旅馆卧房小冰箱里，也摆有矿泉水，以便旅客随时取饮，价钱就不便宜了。我灵机一动，从行囊中取出钢精杯、锡兰红茶和一把电匙；插上电，将矿泉水倾入杯中煮开，冲一杯锡兰红茶来喝，香香热热的，可说是旅途中最悠闲舒适的享受了。

外子说矿泉水其实就是山泉，如果泡的是冻顶乌龙，那就更有味道了。我一向不懂得品茶，在旅途疲劳中，能有一杯自己现泡的热红茶，已觉如仙品般地清香隽永了。

他啜着茶，就想起故乡四川的山泉来。那种山泉，随处都有，行路之人渴了就俯身双手从溪涧中捧起来喝个足，哪里像现在文明时代，一瓶瓶装起来卖钱呢！俗语说得好，"人穷志不穷，家穷水不穷"，这话我最听得进。因为我故乡家中的水就有三种，河水、井水、山水。山水是长工每天清早去溪边一桶桶挑来，倾在大水池中备饮食之用，洗涤多用河水。母亲为了长工挑水辛苦，叫聪明灵巧的小帮工，用一根根长竹竿，连接起来，从最靠近屋子的山边，引来极细小的一缕清泉，从厨房窗外把竹竿伸入，滴在一只小缸中。这才是涓涓滴滴的源头活水，一天接不了多少。母亲只舀来做供佛的净水，然后泡茶给父亲喝。"喝这样清的山水，又是供过佛的，保佑你长生不老。"母亲总是这么说的。那时泡的茶叶，除了家乡的明前茶、雨前茶之外，还有从杭州带回的龙井。父亲品着茶，常常说："龙井茶，一定要虎跑水来泡才香、才地道。"母亲不以为然地说："是哪里生长的人，就该喝哪里的水。要知道，水是故乡的甜哟。"母亲还说："孩子们多喝点家乡的水，底子厚了，以后出门在外，才会承受得住异乡的水土。"

事实上，母亲也是非常爱喝虎跑水泡的龙井茶的。不过她居住杭州的时日不多，平时又很少外出，我们出去游玩，她常捧个大玻璃瓶给我说："舀点虎跑水回来。"我马上接一句："供佛后喝了长命百岁。"母亲高兴地笑了。

现在想起来，虎跑水才是真正的矿泉水。那时曾做过试验，装一碗满满的水，把铜元一个个慢慢丢进去，丢到十个铜元，碗口水面涨得圆鼓鼓的，水都不会溢出来。因为它含的矿物质多，比重很大。所以喝虎跑水一定是有益健康的。

父亲旅居杭州日久，非常喜欢喝虎跑水烹龙井茶，但喝着喝着，却又念念不忘故乡的明前茶、雨前茶和清冽的山泉。他也思念邻县雁荡山的茶、龙湫的水，真是"人情同于怀土兮，岂穷达而异心"。父亲晚年避乱返故乡，又得饮自己屋子后山直接引来的源头活水，原该是心满意足的，但他居魏阙而思江河，倒又怀念起杭州的龙井茶与虎跑水来。实在是因为当时第二故乡的杭州，正陷于日寇之故吧。

我们这回在欧洲，一路饮着异乡异土的矿泉水，行旅匆匆，连心情都变得麻木了。到了德国的不来梅，特地去探望数十年未晤面的亲戚。他兴奋地取出最上品的龙井茶款待我们，问他是台湾产品吗？他说是真正从杭州带出来的茶叶，是一位亲人离开大陆时带给他以慰他多年乡愁的。我本来不辨茶味，但那一盏龙井的清香，却是永远难忘。我们说起欧洲人喜欢喝矿泉水，他笑笑说，台湾阿里山、日月潭、苏澳的冷泉，不就是最好的天然矿泉水吗？

他这话，倒使我想起，早期台湾有一种小小玻璃瓶装的"弹珠汽水"。瓶口有一粒弹珠，用力一压，弹珠落下去，汽水就喷出来。味道淡淡的，不像后来的汽水那么甜得不解渴。我因为爱"弹珠汽水"这个名称，以及开瓶时把弹珠一压的那点儿情趣，所以很喜欢买来喝，他常笑我犯幼稚病。后来时代进步了，黑松汽水和各种饮料充斥市面，哪还找得到"弹珠汽水"的影儿呢？但我脑海中总时常盘旋着弹珠汽水瓶那副短短脖子的笨拙样子。尤其是早年在苏澳游玩时，喝的那一瓶。

台湾这许多年来，制茶技术越来越精进，无论是清茶、香片、龙井等，都是闻名遐迩。尤其是南投溪头的冻顶乌龙，更是无与伦比。旅居海外多年的侨胞，总不忘源源自台湾带出来各种名茶，自饮之外，更以分馈友好。尽管用以沏茶的水不是从故乡来的，但只要是故乡的茶叶，喝起来也会有一股淡淡的甜味吧。

有一次我们在友人家，她细心地问我们要喝哪一种茶，香片、龙井、乌龙都有，她是什么茶都喜欢。我想了半天，却问她："你有没有矿泉水？"她大笑说："你怎么这么特别？大家都喝热茶，你要喝什么矿泉水。"我只好说因为胃酸过多，不相宜喝茶。其实我是想起了在欧洲时喝的矿泉水，多少还有点故乡山泉的味道，不知美国的矿泉水是不是差不多的。而且我也想试试自己，能不能像母亲当年说的，喝过本乡本土的水，有了深厚的底子，就能承受异国的水土了。

美国人爱喝各种果汁，大概是减肥或特别注意健康的人才喝矿泉水吧？但不知超级市场那样大瓶大瓶的矿泉水，究竟是人工的还是天然的。如果是天然的，却又取自何处深山溪涧呢？实在令人怀疑。

说实在的，即使是真正天然矿泉水，饮啜起来，在感觉上、在心情上，比起大陆故乡的水，和安居了三十多年第二故乡台湾的水，能一样地清洌甘美吗？

此处有仙桃

　　将近二十年前，我住在台北新生南路时，邻近有一间兼卖车票的小小杂货店。老板娘面团团的，非常和气，中文说得不好，却很爱和顾客聊天。我每回去买东西时，就把有限的几句闽南语拿出来和她交谈，她笑得咯咯咯的，夸我讲得"卡好"，因为她都听懂了。

　　有一天，我看见玻璃窗上贴着一张纸条，写着大大小小歪歪斜斜的童体字："此处有仙桃。"她指着纸条得意地告诉我是她念小学一年级的小儿子写的。我问仙桃是什么，她指指玻璃瓶里的浅紫色小粒说："这就是仙桃，卡好呷啊。"就伸手取出一粒叫我尝，我一尝确实好吃，酸酸甜甜，正是我最喜欢的山楂甘草的混合味，马上买了一大袋，还不到五毛钱。带回来装在各种可爱的小瓶子里，书桌、床头、手提包里各放一瓶。有时在昏昏欲睡的会场里，朋友们都知道我的手提包像八宝箱，就问："有吃的吗？"我马上取出瓶子说："此处有仙桃。"于是每人数粒，吃得津津有味。我扩大宣传说："仙桃不但有生津止渴、提神醒脑之功，如长期服用，可使肠胃清洁、情绪稳定、灵感充沛。终日伏案工作的

— 71 —

朋友们，尤不可一日无此君，请大家告诉大家。"听得他们将信将疑，我却乐不可支。

外子是个拒服中药的"崇洋者"，他看我奉仙桃为仙丹，讥我犯了幼稚病。问我究竟多大年纪了，还吃这种骗小孩子的糖果。我一本正经地回答："每日口含仙桃数粒，保你青春长驻。"他只好大摇其头。可是有一次，在公共汽车上，汽车味夹着汗臭熏得他作呕，问我有没有带什么药。我立刻打开手提包说："此处有仙桃。"他苦笑一下，万不得已含了两粒，居然立刻见效。从此他也接受了仙桃。于是仙桃成了我二人家居旅行的万应灵丹。

由于经常买仙桃，大量买仙桃，杂货店老板娘和我成了好朋友，买东西总要主动给我少算几毛钱。我送她一个自己用彩色毛线钩的袋子，给她装零钱。上下班经过时，总要和她摆摆手打个招呼。她常常喊："太太，今天仙桃卡新鲜。"我去买日用品时，她就抓一把仙桃送给我。我口含仙桃，品味的不只是山楂甘草的酸甜味，而是一份纯朴的温馨友谊。

两年多后，我们有了宿舍，搬离新生南路。因工作太忙，很少去那边看看房东，也就没机会见到杂货店老板娘，心中却不时挂念起她。至于仙桃呢，别处也都有，墙上也常贴着"此处有仙桃"的条子，但都是印现成的，而不是手写的童体字。我很想去老地方和老板娘说说闽南话，却总没时间。直到将近三年后再去时，新生南路中央的大水沟已经填平，成了整条宽阔的五线道大马路，小杂货店也不知去向了。我怅惘地站在那儿好半天，原当为市容的日趋整洁而高兴，心里却总念着那句"此处有仙桃"的可爱标语和老板娘和蔼的笑容。人生有时实在像没头苍蝇似的无事忙，我奇怪自己在长长的三年中，怎么就抽不出半天的时间去看一下仙桃店主呢？她究竟姓什么我都不知道，当然以后也不会再见到她。她面团团的笑容，只有永留记忆中了。

时代渐渐进步，我所喜爱的仙桃也渐渐绝迹了。"此处有仙桃"的标语，再也看不到了。书桌上、枕头边、手提包里放的不再是仙桃，但也不是辣辣的仁丹或怪味的口香糖。我宁可装点甘草片或西洋参片，至少有清心健脾之功，但总觉得是药而不是可口的仙桃。直到有一回和中大同事搭车旅游，感到头昏，她取出一包黑漆漆的小粒，告诉我叫作"柚子茶"，让我尝一粒。我觉得味道竟和仙桃极相似，大喜过望，托她一口气买了两包，心情上真有好友重逢的欣喜。

这种柚子茶，是由整个柚子，顶上挖个洞，榨去汁后，装入中药制成。装的什么药？制作过程如何？都是台湾南部一个小镇的家传秘方，外人不得而知。由于没做宣传广告，也就很少人见到，市面上糖果店里根本买不到，必须要在老式的菜市场，偶尔遇到流动小贩才有得卖。因此这两包柚子茶，可说得来不易呢。

前年去麻豆，和朋友讲起仙桃的故事，又说到新发现的柚子茶。她热心地为我走遍小镇的大街小巷，就是访不到柚子茶。心想麻豆产文旦，怎会没有柚子茶呢？

失望地回来，只好格外珍惜地省吃所剩不多的柚子茶。那一股温和的中药香味，使我惦念起种种旧时情景，心情既温馨，也怅惘，因为"此处有仙桃"那句朴拙的广告词，总是有去日苦多的无限沧桑之感。

来美以前，匆忙中不及托同事再买柚子茶，只把所剩的半包带着。旅途劳顿，加上欧洲饮食不对胃口，柚子茶成了时刻不可少的良伴。到美后所余无几，只得万里迢迢地请同事为我千方百计买了寄来。好心的她给我多寄来两大包切碎的，和一个完整的柚子球，让我多闻闻原始的香味。我真如获至宝，感到自己一下子变得好富有、好安全。因为在客居，我至少可以安安稳稳地服用从台湾本乡本土带来的万应灵丹，再也不虞匮乏了。

每回取出一粒香香的柚子茶，含在嘴里时，都不由得轻声地念一遍："此处有仙桃。"并且默祝那位再也没有机会见面的杂货店老板娘，健康幸福。

小裁缝

我有一件旧衬衫，补得像戏台上乞丐穿的"富贵衣"，却仍舍不得丢弃。每回整理抽屉时，总会捧在手中抚摸好半天，心中怀念的是裁制这件合身舒适衬衫的小裁缝。

在台北时，我住宅巷口有一间小小洋裁店。我有什么衣服要修改缝补的，都拿到那儿去。小工作可以立等取件，麻烦点的至多半天一天可以完工，绝不失信。店里只有老板和一大一小两位助手。大的沉默寡言，只是低头做活。小的约莫十五六岁，长得眉清目秀，一脸的笑眯眯，对人非常有礼貌，无论大小工作，都做得十二分认真，总要你完全满意才放心。大家都喜欢这位小裁缝。

每回从店里回来，我对他总是满心的感谢。感谢他的诚实和尊重顾客，也感谢老板教导出这样好的学徒。

可是有一天，我去向小裁缝取我新缝制的衬衫时，他脸上喜悦的笑容消失了。趁着老板不在，他出来低声对我说："太太，明天我要离开这里，回南部乡下去了。"

"为什么？"我大为吃惊地问。

“老板不要我做了。”

“为什么？”我更吃惊。

“他嫌我工作做得太慢，太仔细，而工资是论件计算的。他说像我这样慢工细活，一天能做得几件。他叫我马虎点做，我办不到，所以他不要我做了。说实话，我也不想做了。”

我听得呆了半天，不知说什么好，才又问：“你回南部做什么工作呢？”

“给别人在田里帮工，我喜欢田里的工作。但妈妈要我来台北学裁缝好多赚点钱，我不习惯。爸爸在世时，一直教我要诚实做事，我回去种田，妈妈不会生我气的。”

他脸上又泛起微笑，浓雾散开了。

“给我一个地址好吗？”我怅怅地问。

“这就是我的地址，”他立刻从口袋里掏出一张字条给我，一脸诚恳地问，“我可以写信给你吗？我好喜欢你送我的书啊！”

因为他爱看书，我时常送他朋友和自己的书。

“我会给你写信，给你寄书的。”我禁不住泪水盈眶，感到世间事竟是如此地无奈。

我们就这么在巷口匆匆而别，第二天再到小店时，他已不在那儿了。小店离家咫尺之地，我却怅然如有所失，无心再去了。我原以为老板一定是教导小裁缝做一个勤奋诚实的学徒，没想到是小裁缝择善固执的本性，违拗了老板而被辞退的。

他为我缝制的这件合身衬衫，我一直穿了许多年，破了补，补了破，直到不能再补再穿，却无论如何舍不得丢弃，就把它保存在抽屉的一角——一个看得见、摸得着的地方，为了怀念这位诚实的朋友。

我们曾通过信，我也曾寄过杂志和书给他。可是岁月流转，人事变迁，我们渐渐地失去了联系。不知他现在究在何处，他该早已成家立业了吧？他是在南部种田呢，还是自己开洋裁缝店，教导几位勤奋诚实的学徒呢？

佛心与诗心

　　我大学念的是中文系，毕业时正是抗战中期，为环境所逼，进了完全不合我旨趣的法院当一名记录书记官。自感学非所用，每天对着满桌满橱的卷宗，不免心烦意乱。对陌生的法律条文，繁复的诉讼程序，又不得不从头学起。所幸我所配置的一位秦推事，非常亲切慈祥，没有一般法官那副道貌岸然、神圣不可侵犯的感觉。在"饭碗第一"的情况下，我也就捺着性子追随他学习，他都和蔼地一一予以指示。

　　有一次，我粗心大意地把卷宗整理得次序颠倒，他郑重其事地命我调整过来以后，才和颜悦色地对我说：

　　"你也许觉得琐碎的记录工作，与枯燥的法律条文，与你所喜爱的文学格格不入吧！其实法律不外世事人情，文学所描绘的也是世事人情。我知道你们写小说要客观，设身处地地体认主人翁的种种行为心态，写来才丝丝入扣、合情合理。我们当法官的处理盘根错节的案件，也要绝对客观。无论民、刑事案件，问案时不可动肝火，也不可盲目地予以同情。因为人心之不同，各如其面，有的忠厚、有的诡诈，种种动机，都须平心静气加以追究与分析。写下判词，关系当事人的生命、财产与名誉，不可不慎。但在这样抽丝剥茧的研究分析中，自然产生乐趣，这就是你们从事文学写作的人所谓的对人性的关怀。可见任何兴趣，都是从锲而不舍的工作中培养出来的。"

他的一席话，听得我非常感动，但我仍怅怅地说："可惜我改行学法律已太晚了。我曾耐心地读完民法、刑法总则，只是对诉讼程序不感兴趣。我也曾动念考司法官，却因学文科的必须经过检定考试而作罢，才落得一事无成。"

他马上正色说："你千万不要气馁，更不必考虑改行问题。就你在文学方面的领会，与你现在的工作正可以相辅相成。因为日光之下无奇事，你们面对的人生问题，正是我们法官面对的人生问题。从种种纠结的分析中，可以产生不少小说题材。"

他又笑了一下说："不瞒你说，我当初原是学文学的，自知文学细胞不够乃转学法律。直到如今我的案头床边，仍离不开世界文学名著。我觉得用文学的胸怀、法律的头脑、菩萨的心肠，才能以一颗宽大温厚的心，写下正确的判词。"

他又引了欧阳修《泷冈阡表》中的两句话"求其生而不可得，则死者与我皆无恨也"，证明一位仁者，在判处罪犯死刑时万不得已的苦心。他说他平生秉持的原则是：痛恨罪恶本身，却怜悯触犯刑章的人。审慎下笔，才不致枉判无辜，也不致轻纵罪法。法律上称未定讳的为被告而不称受刑人或犯人，也就是民主时代对人性的尊重。

最后他又语重心长地对我说："你不要抱怨学非所用；你应该庆幸自己用非所学。你才能在文学天地之外，拓展更广阔的视野，培养更丰厚的同情心，写出感人的篇章来。所以你在法院服务，对你并非浪费。"

这位长者的肺腑之言，使我感动得几至泪下。从此我就心安理得地在司法界服务达二十余年而无怨无悔。在写作上，我也曾就个人在工作上的体认，以法官或受刑人的心理状态为题材，写过好多篇小说，自认是在写"儿女情长"之外，另一方面的创作成绩。

说到写作兴趣的培养，饮水思源，尤不能不感念师恩。如不是在大学时夏承焘老师对我为人为学的启示，可能也不会在后来服务法院时，全心接受秦推事的诲谕。

夏老师谆谆然以身教，对学子们从不曾有过严词厉色的指责。记得有一次期中考试，有一位同学迟到了将近半小时，他气急败坏地冲进教室，结结巴巴对老师说明公交车抛锚，道路阻塞以致迟到。老师嘱他安心坐下说："时间有限了，你就答一、二两道题交卷罢。"事后同学们不免有点疑虑，老师说："他平时从不迟到，考试时迟到必是意外事故。我嘱他只答较难的一、二两题，并不是由他三题中任选二题。我认为仍是公平的。"同学们也觉得老师的变通办法是公平的，当然也不再说什么了。

又有一次，我随老师一同搭公交车，售票员态度至为恶劣。我下车后十分生气。老师笑嘻嘻地说："你想想售票员整天在摇来晃去的车上，在挤得水泄不通的乘客中挤来挤去卖票、找钱，还要开车门（那时的公交车都是上车买票的，车门也非自动开关，亦非司机控制），你如果是他，你能不烦躁吗？而我们乘客在车上时间短暂，一下车就各奔前程，海阔天空，哪有他整天工作的劳累呢？你若能设身处地为他想一下，自然心平气和了。要知一颗温厚的同情心，就是佛心，佛心也就是写作泉源的诗心。"

老师的话有如炎夏的一剂清凉散，马上使我心情开朗了。从那以后，我搭车再挤也不生气，而且总和颜悦色面对售票员，尽量把零钱准备好，以免他找钱的麻烦。有好几回，在下车时他都会说："小心下车，慢慢走啊！"可见外界现象，正像一面镜子，反射出来的，正是你自己的心境和脸容呢！

境由心造，于此可见。因此想起童年时在乡间的一件小事。乡间多乌鸦，时常在大清早从屋顶飞过，"呀、呀、呀"地连叫数声。长工们一听见，就会仰头对天空"呸、呸、呸"地连呸三声，表示拒绝不祥之声。母亲却总笑嘻嘻地说："不要呸它，乌鸦的心，胜过喜鹊的嘴啊！"我问她为什么呢？她说："乌鸦心直口快，提醒你要谨慎小心，就不会有不吉利的事轮到你了。不像喜鹊只会甜言蜜语，说得好听却不见得都是真心话。可惜世间有多少人喜欢听乌鸦的叫声呢？"

外公敲敲旱烟筒接着说："吉利或不吉利，都由自己一颗心造成。心地光明磊落的人，凡事都从好处想，想到别人对自己的好，想到天公对自己的照顾，满心的感激，满心的快乐，自然事事都会吉祥顺利。乌鸦叫，喜鹊叫，一样都是好听的。"

母亲高兴地搂我到怀里说："我现在才知道，乌鸦和喜鹊，都在唱它们自己快乐的歌儿呢！"

如今追忆幕幕往事，慈爱的外公和母亲的朗朗笑语，使我幼小心灵有一份祥和的启示。大学恩师的佛心诗心和法院秦推事的宝贵箴言，都是指引我一生立身行事的盏盏明灯啊！

粽子里的乡愁

异乡客地，愈是没有年节的气氛，愈是怀念旧时代的年节情景。

端阳是个大节，也是母亲大忙特忙、大显身手的好时光。想起她灵活的双手，裹着四角玲珑的粽子，就好像马上闻到那股子粽香了。

母亲包的粽子，种类很多。莲子红枣粽只包少许几个，是专为供佛的素粽。荤的豆沙粽、猪肉粽、火腿粽可以供祖先，供过以后称之为"子孙粽"，吃了将会保佑后代儿孙绵延。包得最多的是红豆粽、白米粽和灰汤粽。一家人享受以外，还要布施乞丐。母亲总是为乞丐大量地准备一批，美其名曰"富贵粽"。

我最最喜欢吃的是灰汤粽。用早稻草烧成灰，铺在白布上，拿开水一冲，滴下的热汤呈深褐色，内含大量的碱。把包好的白米粽浸泡在灰汤中一段时间（大约一夜晚吧），提出来煮熟，就是浅咖啡色带碱味的灰汤粽。那股子特别的清香，是其他粽子所不及的。我一口气可以吃两个，因为灰汤粽不但不碍胃，反而有帮助消化之功。过节时若吃得过饱，母亲就用灰汤粽焙成灰，叫我用开水送服，胃就舒服了。完全是自然食物的自然治疗法。母亲常说我是在灰汤粽里长大的。几十年来，一想起灰汤粽的香味，就神往童年与故乡的快乐时光。但在今天到哪里去找早稻草烧出灰来冲灰汤呢？

端午节那天，乞丐一早就来讨粽子，真个是门庭若市。我帮着长工阿荣提着富贵粽，一个个地分，忙得不亦乐乎。乞丐常高声地喊："太太，高升点（意谓多给点）。明里去了暗里来，积福积德，保佑你大富大贵啊！"母亲总是从厨房里出来，连声说："大家有福，大家有福。"

乞丐去后，我问母亲："他们讨饭吃，有什么福呢？"母亲正色道："不要这样讲。谁能保证一生一世享福？谁又能保证下一世有福还是没福？福是要靠自己修的。时时刻刻要存好心、要惜福最要紧。他们做乞丐的，并不是一个个都是好吃懒做的：有的是一时做错了事，败了家业；有的是上一代没积福，害了他们。你看那些孩子，跟着爹娘日晒夜露地讨饭，他们做错了什么，有什么罪过呢？"

母亲的话，在我心头重重地敲了一下。因而每回看到乞丐们背上背的婴儿，小脑袋晃来晃去，在太阳里晒着，雨里淋着，心里就有说不出的难过。当我把粽子递给小乞丐时，他们伸出黑漆漆的双手接过去，嘴里说着："谢谢你啊！"眼睛睁得大大的，看着我一身的新衣服。他们有许多都和我差不多年纪，差不多高矮。我就会想，他们为什么当乞丐？我为什么住这样的大房子，有好东西吃、有书读？想想妈妈说的，谁能保证一生一世享福，心里就害怕起来。

有一回，一个小女孩悄声对我说："再给我一个粽子吧。我阿婆有病走不动，我带回去给她吃。"我连忙给她一个大大的灰汤粽。她又说："灰汤粽是咬食的（帮助消化），我们没有什么肉吃呀！"我听了很难过，就去厨房里拿一个肉粽给她，她没有等我，已经走得很远了。我追上去把粽子给她。我说："你有阿婆，我没有阿婆了。"她看了我半晌说："我也没有阿婆，是我后娘叫我这样说的。"我吃惊地问："你后娘？"她说："是啊！她常常打我，用手指甲掐我，你看我手上脚上都有紫印。"

听了她的话，我眼泪马上流出来了，我再也不嫌她脏，拉着她的手说："你不要讨饭了，我求妈妈收留你，你帮我们做事，我们一同玩，我教你认字。"她静静地看着我，摇摇头说："我没这个福分。"

她甩开我的手，很快地跑了。

我回来呆呆地想了好久，告诉母亲。母亲也呆呆地想了好久，叹口气说："我也不知道要怎样做才周全，世上苦命的人太多了。"

日月飞逝，那个讨粽子的小女孩，她一脸悲苦的神情，她一双吃惊的眼睛和她坚决地快跑而逝的背影，时常浮现在我脑海。她小小年纪，是真的认命，还是更喜欢过乞讨的流浪生活？如果她仍在人间的话，也已是年逾七旬的老妪了。人世茫茫，她究竟活得怎样，活在哪里呢？

　　每年的端午节来临时，我很少吃粽子，更无从吃到清香的灰汤粽。母亲细致的手艺和琐琐屑屑的事，都只能在不尽的怀念中追寻了。

童趣

　　这下，我可乐了。帮着抱桂花树使劲地摇，桂花纷纷落下来，落得我们满头满身。我就喊："啊！真像下雨，好香的雨啊！"

蟹酱字

一提笔写字，就会想起童年时老师那张结冰的脸。当我打着哆嗦把描好的大字双手递上去时，他的拳头在桌上一捶说："看你的蟹酱字，重写。"

我眼泪一颗颗掉下来，掉在黄标纸上，把蟹酱字都浸湿了，浸化开来了。

老师为什么嫌我的字是蟹酱字呢？这就得怪母亲。母亲自己不写字，也认不得多少字，但来得会形容，竟拿蟹酱来形容我的字。

蟹酱是故乡的一种海鲜名产，把螃蟹敲成碎碎的酱，用生姜、盐、酒、胡椒等在瓶子里泡浸一个月，打开瓶盖，香中带腥，腥中带臭，再加点醋，那股鲜味，马上叫你胃口大开，饭吃三碗。

我最最喜欢吃蟹酱，总是喊："妈，我要蟹酱，蟹酱'配饭配走险'（下饭得很）。"母亲就会边笑边说："配走险、配走险，吃多了蟹酱，你的字也会像蟹酱那样难看险（难看得很）。"我一想到习字就懊恼，管它难看险不难看险呢，反正蟹酱是天下最最好吃的东西了。

母亲对我说了还不算，又去告诉老师。有一天，她端两盘刚蒸好的红豆糕来书房里，一盘供佛，一盘给老师当点心。我正好抄完作文，扬扬得意地把它放在老师桌上。母亲眯起近视眼看了半天说："这是什么字呀？像蟹酱一样，分也分不清楚。"老师大笑说："一点不错，真像蟹酱，她就是这样不好好写字，作文倒作得满好的。"母亲又加了一句："我说呢，是蟹酱吃多了嘛。"说完，她就一摇一摆地走了。

老师非常夸赞母亲会形容。他说："螃蟹的样子是一个大壳，两只大钳、八只脚，四面八方撑开，到处无规则地横爬，已经够难看了。所以说'瞎子写字眼，像只八脚蟹'。活的蟹已够难看，剁成了酱还成个什么体？"他愈说我愈生气，只好回到厨房跟母亲发脾气："都是你，笑我的字难看，老师愈加要我重写了。"母亲慢条斯理地说："重写就重写嘛，我是不会写字，我若会写字，一定练出一手龙凤字。"那是一位天才小叔夸自己的字"龙飞凤舞"，母亲又听进去了。她最最喜欢"龙凤"两字，成双作对的多好。

从那以后，老师就把"蟹酱字"挂在嘴上。高兴的时候，笑嘻嘻地叫我下回用心点写。不高兴的时候，就把桌子一拍，说："看你的蟹酱字，重写。"

我却只记得他生气时候那张冰冻的脸，因此一到习字，就四肢乏力，背都直不起来，写出来的永远是蟹酱字，也因此恨透了习字。直到如今，写的永远是一手蟹酱字。

当年明明记得老师劝谕我的话："书信是在长辈或

朋友之前出现的千里面目，而字又是书信的面目，一个人，外表衣冠不整，纵然有满肚才学，也是不行的。"他还指点我临帖、看帖。《三希堂》《淳化阁》等都一一摹过，可是生有钝根的我，就是一点帖意也感染不上。不像大我几岁的小叔，看什么碑帖都能融会贯通，能写出一手古意盎然的好字来。他如生于今日的环境中，真将是一位出名的书法家。可惜他自叹"因无骨相饥寒定，只合生涯冷淡休"，早早地就过世了。

我长大以后，也曾自怨字写得太丑。小叔反倒安慰我说："不要紧，古来大文豪字写得好的也不多。唐宋八大家之一的王安石，据说他的字像斜风细雨，很难看的。"他又笑笑说，"你妈妈封你是蟹酱字，将来你若学会写文章，配上蟹酱字，倒也别有一格呢。"

进大学后，受业于恩师夏承焘门下。他一看我的习作诗词，总是微微颔首以后再连连摇头，我知道他对我是责望多于赞美，尤其是一笔字使我汗流浃背，不敢仰视。后来渐觉老师和蔼可亲，就将母亲和老师形容我的蟹酱字的故事讲给他听，他拊掌大笑说："蟹酱字也好，只要能写出个体来。但总得下工夫练呀！字无百日工，你每天清早起来先练字，持续一个月便见进境。"

我听他话开始练字，临的是夏老师写他自己的诗词。因为我对临帖已视为畏途，总觉古人邈不可接，学自己所敬佩老师的字，至少有一份亲切感。那时我住在学校简陋的宿舍里，每天一清早被臭虫咬醒，爬起来捉完臭虫就磨墨习字。灯光既暗，浑身被臭虫咬过之处又奇痒，岂能专心习字！练了多少天，看看仍旧是一片蟹酱字。想此事有关天分，非勉强学得来的，就灰心放弃了。老师知孺子不可教，也就没再勉强我。

有一次我去拜谒老师，他不在家，我在桌上留了张条子，次日他给我来信夸我"书法进步，几出吴君上"，使我大为吃惊。因为他所指的吴君是一位才女，书法是人人夸赞的。我何能出她之上？这明明是恩师溢美鼓励的苦心，于是我又着实奋发地练了一阵子，可是五分钟热度过去又懒了下来。忽然记起行箧中带有一位父执为先父抄的全本《心经》《金刚经》，写的是黄道周体的小楷，我十分喜欢，就用心从头抄了一遍。捧给恩师看，他点头微笑说："蟹酱中有点味道了。"

毕业后离开恩师，避寇深山中，恩师每回辗转寄来的信，总谆谆勉我："读书习字，不可一日间断。"而疏懒的我，未能努力以符恩师之期许，马齿徒增，悔之无及。

如今面对自己的蟹酱字，就会在心头浮上三张不同的面貌——慈母叫我把蟹酱字练成龙凤字的笑眯眯神情，家庭教师拍着桌子说"重写"时那一脸的冰霜，和瞿禅恩师温而厉的颔首或摇头。还有就是那位天才小叔劝勉我的话："将来你若学会写文章，配上蟹酱字，倒也别有一格。"

看来，我只有努力在写文章上求进步，无妨保留我的蟹酱字，也算"别具一格"吧。

大红包

过新年时，长辈给孩子们的压岁钱是大红包。而在我家乡，小孩子代长辈挨家拜年手拎的礼物，也叫大红包。包的纸又粗又硬，包得有棱有角，外加一层红纸，正面贴上店号名称，用红麻绳扎好。从包的外形、轻重、大小，就可猜得出里面是什么东西，不外红枣、桂圆、莲子、白糖、寸金糖等等，全是小孩子听了垂涎三尺的美味。

过年时，母亲就让老长工阿荣伯去街上两间最大的南货店买来两大箩大红包，一字儿排在厢房的长条桌上，等过了正月初二，让我去长辈和邻家拜年当"伴手"（礼物）。我站在桌边，踮起脚，把下巴搁在桌面上，一个个认红包上的字眼，猜包里的东西。"王泰生""胡昌记"的店名是我早已熟悉的，费心思猜的是里面包的东西。阿荣伯说这两家南货店货色都好，分量又足。其实刚买回来时分量是足的，摆上几天就靠不住了。因为我和大我三岁的小叔会趁大人看不见时，用手指从边上伸进去，挖出桂圆红枣来吃。挖得太多了，小叔就塞些小石子进去。阿荣伯捧起包来摇摇，一样的

"咚咚咚"响，就笑嘻嘻地拎着包，牵着我去拜年了。

到长辈家拜年都有压岁钱，我好开心。到邻居家就只给两个煮熟的蛋，连声说："元宝、元宝。"我不爱吃蛋，就丢在篮子里提着滚来滚去，催阿荣伯快走。他却总要坐下来慢条斯理地喝一杯橄榄茶，把橄榄塞在青布围裙口袋里，再抽一筒旱烟。我等得不耐烦，就只好捂着两只耳朵，看小朋友们放鞭炮。

一圈兜回来，我口袋里已装满压岁钱，篮子里也装满了元宝蛋。我抱怨他们为什么不把大红包打开，给我吃红枣桂圆。阿荣伯笑笑说："你要吃石头子儿呀？"原来他已知道我和小叔的戏法，我缩了下脖子，真感谢他没把我们的恶作剧告诉母亲。

其实每家收到大红包都不打开，只把东边家送来的转到西边家，西边家的转到东边家，转来转去，有时会转回原来的一家。小叔和我就曾在大红包上用铅笔偷偷做过记号，认得出哪一个是我们家送出去的。告诉母亲，母亲高兴地说："元宝回来啰！"

如此转完了五天，到初六才打开，分给孩子们吃。小石子也不知是哪一家塞进去的了。大家都说我们潘宅的大红包最扎实，红枣桂圆没有一颗是烂的。我想如果我们不偷吃的话，一定是真正扎实的潘宅大红包，因此心里有点不安。小叔说："你用不着不安。过年嘛，没有一家的孩子不挖大红包里的东西吃的。大人们送来送去，只是礼数，也相互讨个吉利，谁去数里面有几粒红枣几粒桂圆呢！"听他这么一说，我也就安心了。

拎着大红包挨家拜年拿压岁钱的日子已非常非常地遥远了。如今面对百货公司陈列出五光十色的新年礼品，我却越加怀念儿时捧在手里，摇起来"咚咚咚"响的大红包。

萝卜大餐

好容易买到一个大白萝卜，当宝贝似的，把它分成三段，用不同的方法做来吃。顶部最嫩，切丝用盐腌一下，拌糖醋可当提味小菜。中段切片加虾尾炖汤，清香可口。近尾部切滚刀块煨排骨肉，加葱、姜、酱油和少许的糖，红红香香的，便成了一道可以款待朋友的大菜。

一个萝卜的"三段吃法"，足见在大都市里新鲜蔬菜之难求，不由得使我想起童年时代，青菜萝卜遍地都是的好日子。那时我家后门一开出去，就是一大片菜园。萝卜成熟的日子，小帮工阿喜就带着我拔萝卜，他背个大箩筐在背上，拔起萝卜就往肩膀后面一扔，落在大箩筐里，手势非常纯熟。我力量小，只能提个篮子在后面跟，拣几个小点的萝卜丢在篮子里摇来摇去做做样子。

拔得累了，我们就在溪边坐下来，阿喜拣一个最嫩的萝卜，在溪水里冲洗干净，用犁刀刮去顶部的皮，扳下来给我吃，他自己就连皮啃。他说："萝卜、山薯的皮，比里面的肉还补，吃了健脾的，才有力气干活儿。哪像你这样娇嫩，脚底心踩到一粒小石子就尖叫。"我听了虽不服气，但也不敢分辩，因为一惹他生气，他就不带我玩儿了。

拔回萝卜，由母亲分类，趁新鲜烧出各种的菜来。加葱姜蒜炒的，加肉煨的，加虾尾清蒸的，凉拌的，满桌都是萝卜，却各有各的味道，那才真正是萝卜大餐呢。

母亲说："萝卜出，百病除。"用盐腌出来的萝卜水，是治喉痛最灵的药。我常常会喉痛，母亲就要我早上空肚喝一杯萝卜水，还用它漱口。但那股子味道实在不好闻，臭臭的，有点像茅坑水。母亲说："总比要你喝金汁好吧。"原来所谓的"金汁"，就是真正的茅坑水，多恶心呀！居然可以治喉头炎。现在想想，大概就是西药里的金霉素吧！我一想起来就要吐，赶紧想想清香的萝卜水吧。

故乡的农历新年

　　天寒岁暮，在异国风雪漫天的夜晚，既无围炉之乐，复少话旧之趣。扭开电视机，唱的都是些不入耳的洋腔洋调。真是老来情味减，只落得屈指数流年了。倒是想起在台北时，每年大除夕，各电视台都有精心制作的特别节目，影歌星济济一堂，团圆拜拜，恭喜新年，与"哔哔啪啪"的鞭炮声，烘托出一片喜气洋洋。

　　我最最怀念的，还是儿时在故乡过新年的欢乐情景。

　　那时我才七八岁，家庭教师总要在腊月廿三夜祭送灶神、新年序幕开始以后，才放我的年假。从腊月廿四到正月初五，年满就要照常上课了。所以这十天是我一年里的黄金时刻。天天在母亲或老长工阿荣伯后跟来跟去，学说吉利话。数数目数到"四"，一定要说"两双"，吃橘子时一定大声地唱"大吉大利，买田买地"（故乡话"橘""吉"同音），跨门槛一不小心跌一跤，赶紧爬起来连声地念"元宝元宝滚进来"，阿荣伯听得呵呵笑。母亲高兴起来，会递给我一块香喷喷热烘烘的甜年糕，我就边吃边说："年糕年糕，年年高。"

那时父亲远在北平，但每年冬天都会托人带一件新棉袄给我过新年。腊月廿四那天，我总是对着大镜子把新棉袄穿上，照前照后一番再脱下来，嘴里喃喃念着："妈妈说的，现在不穿，大年初一才穿。"母亲在一旁笑嘻嘻地说："初一着新衣，一年都顺利。"她又说："明年你阿爸回来，一定会带一件闪花缎旗袍给你。"

　　于是我就眼巴巴盼望着漂亮的闪花缎旗袍。尽管盼望落空，父亲并没回来，但母亲每年仍高高兴兴地忙蒸糕、忙酿酒。吩咐长工做给乞丐的"富贵年糕"，红糖要加足，不要掺糖色（是一种像红糖的假颜色）。阿荣伯也说："一年一回嘛，要他们大大小小吃得高高兴兴的。"他特地雕了一方小模型给我做糕用。我学大人们把蒸熟加了红糖的米团，一个个镶在模型里压平，等凉了倒出来就是整齐有花纹的年糕。我把自己做的小年糕和大人们做的大年糕一一排在木板上，阿荣伯用毛笔蘸了洋红水，在每块上点上一点，就是"富贵糕"了。我抢着点洋红的工作，点一块念一声"大吉大利"。母亲说："大乞丐给大年糕，小乞丐给小年糕。"阿荣伯又用米团做了大大小小的元宝。正月里，乞丐们常常是祖孙三代像一条长龙似的游来了，阿荣伯就把大元宝捧给白发老人，小元宝给他们的孙儿孙女。看他们一个个脸上浮现欢乐的笑容，老人们连声念："天保佑你们大富大贵，明里去了暗里来。"我眼看他们牵着一大串孩子走了，常常问阿荣伯："明年他们长大点了，还当不当乞丐呢？他们为什么不上学呢？"阿荣伯说："他们读什么书？长大了能学会一点手艺，有个正当工作做就算好了。"母亲却叹口气说："只怕他们从小跟着大人讨饭学懒了，不肯学手艺，这就叫穷人的命，富贵的病啊！"小帮工阿喜说："不会的啦！我小时候也当过讨饭的哩，是三画阿王公公把我送给你们家，太太和阿荣伯收留了我，我不是很勤奋吗？"阿荣伯用旱烟筒轻轻敲一下他的头说："像你这样的好命有几个？"我悄悄地跟阿喜说："我们劝大乞丐不要带他们的孩子来讨饭，送他们去小学读书，并不要钱的呀。"阿喜摇摇头说："办不到。你不知道，过年时来的小孩并不都是他们自己的儿女，只为想多讨点年糕，要了别人的孩子来轮流冒充儿女的。"我听得心里茫茫然，问阿荣伯为什么他们愿意跟别人讨饭，阿荣伯却又只顾抽旱烟不作声了。

阿荣伯和阿喜一老一小，是我最要好的朋友，越是过年我越黏着他们。跟阿荣伯在谷仓里摆上元宝，跟阿喜在大年夜点"风水烛"。母亲把山薯切成大小均匀的方块，插上竹签，点燃了小蜡烛。我帮阿喜提篮子在大院落各处摆上，全幢大第都显得亮晃晃一片光明。母亲和阿荣伯都念念有词地说："风水烛，年年丰足，年年丰足。……"

就在这样欢乐的祝贺声中，农历新年开始了。

万金油的故事

　　头有点晕晕的，抹上大陆友人寄来的清凉油，舒服多了。一位好友又特地给我送来一盒万金油，是用小小玻璃瓶装的。六角形，金色盖子上一只飞腾的老虎，真是虎虎有生气。我最爱各种各样的小瓶子，这个小瓶子装的是香香的万金油，我更爱不释手了。

　　其实，清凉油与万金油药效差不多，而我对万金油却另有一份深深的情谊。话就得从童年时代我的两位老朋友说起。

　　阿荣伯伯和阿标叔叔，是两位分不开、打不散的好友，但两位老人却没有一天不斗嘴。有时争吵得面红耳赤，能整天不再说一句话。最后全靠妈妈这位和事佬，温一壶陈年老酒，切一大盘香喷喷的酱鸭，让他们俩在厨房的餐桌边对坐下来，慢慢地喝着酒、啃着酱鸭，气也就慢慢地消了。我呢？正好左右逢源，有得吃又有热闹看，就一直黏在边上，再也不肯回那暗洞洞的书房，跟老学究啃四书了。

　　有一次，阿荣伯伤风了。在那年代，我家乡话没有"感冒"这两个字的。轻微的受凉叫作"伤冷棍"，意思也许是不小心着了一记冷棍，四肢有点酸软，眼泪鼻涕一直流，但并不发烧，人照样可以忙来忙去地工作。伤风呢？就严重多了，发烧头痛，躺在床上起不来。阿荣伯先是"伤冷棍"，没当心就转为伤风了。他心里挂记田里的工作，因为正是忙碌的春耕时节。妈妈连忙熬了生姜红糖汤给他喝，一点也不管事。顽皮的小叔说抽一筒大烟就会好，他总认为鸦片烟是治百病的万灵丹。我呢？急得在厨房里团团转。我挂心阿荣伯，他的呻吟声我都听到，但妈妈不让我进他房间，生怕会传染。我想到自己生病的时候，阿荣伯一定来陪我，讲故事、唱山歌给我听。他病了，我连看都不去看他，怎么能算是他的好朋友呢？我又怎么对得起他呢？幸得有阿标叔给他倒茶倒水，用菜油熬生姜给他浑身地擦。阿标叔眉头紧锁、满面愁云，连每天必定要做的浇花剪草工作，都没心情做了。小叔点头叹息道："他俩真是同气连根的朋友啊！"我心里好感动，才知道他们平常天天斗嘴，只是好玩而已。我也想起自己和远在北京的哥哥，也是同气连根，真盼望他能快快回来，回来以后，我一定不跟他吵架了。

一家人正在愁眉不展中，妈妈忽然想起她最敬重的桥头阿公，有什么疑难问题，他都会替我们出主意。妈妈就让阿标叔快快去请教他。阿标叔马上去了，不久就笑逐颜开地回来，从口袋里摸出一个圆圆的小红铁盒，告诉妈妈说："这是从远远的外国——南洋带来的万金油，给他抹在太阳穴、后颈窝、四肢关节、鼻孔、肚脐上，通通气，出一身汗就会好。"妈妈连忙合掌拜佛，感谢菩萨保佑。

阿标叔兴冲冲地给阿荣伯抹万金油时，却听阿荣伯大声地叫："我不要抹这种洋药，我要擦新鲜的薄荷叶。"阿标叔理也不理就给他浑身抹了。出来时把那小红盒子小心地收在厨房碗橱抽屉里，吩咐我不许乱动。我只好说："用完以后，壳壳要给我哟！"（壳壳是乡下孩子的话，小盒子的意思）他摸摸我的头说："去向桥头阿公要吧！他有的是各种壳壳。是他外甥从南洋带来给他的。"我心里想，南洋好远啊！一定比爸爸那儿的北京还远。不然的话，爸爸为什么不买点小红盒的万金油寄给我们呢？妈妈常常喊头痛，我也常常会"伤冷棍"呀！

阿荣伯病好以后，和阿标叔仍旧是说不到几句话就斗起嘴来。妈妈说："阿荣伯，你不要忘了阿标叔给你抹万金油的情谊啊！"他才不作声了。

有一天，阿标叔去城里办事，天黑才回来。他说没赶上最后一班小火轮，是搭小舢板回来的。妈妈说："你办事牢靠，怎么会没赶上小火轮呢？"他笑嘻嘻地从口袋里摸出三盒万金油说："就为买这东西，找了好几家药铺才买到。现在伤风的人很多，万金油都缺货哩。"说着。他递一盒给妈妈，让她放在身边，头痛时就抹一点。又递一盒给阿荣伯说："我们一人一盒，都放在贴身口袋里，包你百病消除。"

顽皮的小叔看在眼里，就用评剧道白的调子有板有眼地说："大嫂呀大嫂，这万金油嘛，是万灵丹哟!"

妈妈哈哈大笑起来，我却央求道："壳壳都要给我啊!"

阿荣伯抱起我说："你放心，等我和阿标叔合买的彩券中了头彩，我们就打个黄金的壳壳给你。"

阿标叔高兴起来，也学小叔用京腔唱起来：

"那才是万金、万万金的黄金万金油哪!"

月光饼

　　月光饼也许是我故乡特有的一种月饼，每到中秋，家家户户及各商店，都用红丝带穿了一个比脸盆还大的月光饼，挂在屋檐下。廊前摆上糖果，点起香烛，和天空的一轮明月相映成趣。月光饼做得很薄，当中夹一层稀少的红糖，面上撒着密密的芝麻。供过月亮以后，拿下来在平底锅里一烤，掰开来吃，真是又香又脆。月光饼面积虽大，分量并不多，所以一个人可以吃一个，我总是首先抢到大半个，坐在门槛上慢慢儿地掰开嚼。家里亲友们送来的月饼很多，每个上面都有一张五彩画纸，印的是"嫦娥奔月""刘备招亲""西施拜月"等等的图画。旁边还印有说明。我把这些五彩画纸抽下来，要大人们给我讲上面的故事。几年的收藏积蓄，我有了一大沓。长大以后，我还舍不得丢掉，时常拿出来看看，还把它钉成一本，留作纪念。

　　我有一个比我只大两岁的表姑，她时常在我家度中秋节，她也喜欢吃月光饼。有一次，她拿了三张五彩画纸要跟我换一个饼，我要她五张，她不肯。两个人就吵起来。她的脸很大很扁，面颊上还长了不少雀斑。我指着她的脸说："你还吃月光饼！再吃，脸长得更大更扁，雀斑就跟饼上的芝麻那么多了。"这句话真伤了她的心，她就掩面哭泣起来，把一沓画纸撕成片片地扔掉。我也把月光饼扔在地上，用脚一踩踩得粉碎，心里不免又心疼又后悔，也就哇的一声哭起来。母亲走来狠狠地训我一顿，又捧了个刚烤好的月光饼给表姑。表姑抹去眼泪，看看饼，抬眼望着母亲问道："表嫂，您说我脸上的雀斑长大以后会好吗?"母亲抚着她的肩说："你放心吧！女大十八变，变张观音面。你越长大，雀斑就越隐下去了。"母亲又笑笑说："你多拜拜月亮菩萨，保佑你长得美丽。月光饼供过月亮，吃了也会使你长漂亮的。"表姑半信半疑地摸着月光饼面上的芝麻，和我两个人呆愣愣地对望了好一会儿。她忽然掰下半个饼递给我说："我们分吧！我跟你要好。"我看看地上撕碎了的画纸与踩烂的饼屑，感谢万分地接过饼，跟表姑手牵手悄悄地去后院里，恭恭敬敬地向天上的月亮拜三拜，我们都希望自己长大了有一张观音面。

表姑长大以后，脸上的雀斑不但没有隐去，反而更多了。可是婚后夫妻极为恩爱，她生的两个女儿，都出落得玫瑰花儿似的。我们见面时谈起幼年抢吃月光饼和拜月亮的事情，她笑笑说：

"月亮菩萨还是听到我的祷告的。我自己脸上的雀斑虽然是越来越多，而她却保佑我有一对美丽的女孩子。"

台湾是产糖的地方，各种馅儿的月饼，做得比大陆上的更腻口，想起家乡的月光饼，那又香又脆的味儿好像还在嘴边呢！

中秋节，一年又一年地，来了又过去，什么时候回家乡去吃月光饼呢？

桂花雨

中秋节前后，就是故乡的桂花季节。一提到桂花，那股子香味就仿佛闻到了。桂花有两种，月月开的称木樨，花朵较细小，呈淡黄色，台湾好像也有，我曾在走过人家围墙外时闻到这股香味，一闻到就会引起乡愁。另一种称金桂，只有秋天才开，花朵较大，呈金黄色。我家的大宅院中，前后两大片广场，沿着围墙，种的全是金桂。唯有正屋大厅前的庭院中，种着两株木樨、两株绣球。还有父亲书房的廊檐下，是几盆茶花与木樨相间。

小时候，我对无论什么花，都不懂得欣赏。尽管父亲指指点点地告诉我，这是凌霄花，这是叮咚花，这是木碧花……我除了记些名称外，最喜欢的还是桂花。桂花树不像梅花那么有姿态，笨笨拙拙的，不开花时，只是满树茂密的叶子，开花季节也得仔细地从绿叶丛里找细花，它不与繁花斗艳。可是桂花的香气味，真是迷人。迷人的原因，是它不但可以闻，还可以吃。"吃花"在诗人看来是多么俗气，但我宁可俗，就是爱桂花。

桂花，真叫我魂牵梦萦。

故乡是近海县份，八月正是台风季节。母亲称之为"风水忌"。桂花一开放，母亲就开始担心了："可别做风水啊！"（就是台风来的意思。）她担心的第一是将收成的稻谷，第二就是将收成的桂花。桂花也像桃梅李果，也有收成呢。母亲每天都要在前后院子走一遭，嘴里念着："只要不做风水，我可以收几大箩。送一斗给胡宅老爷爷，一斗给毛宅二婶婆，他们两家糕饼做得多。"原来桂花是糕饼的香料。桂花开得最茂盛时，不说香闻十里，至少前后左右十几家邻居，没有不浸在桂花香里的。桂花成熟时，就应当"摇"，摇下来的桂花，朵朵完整、新鲜；如任它开过谢落在泥土里，尤其是被风雨吹落，那就湿漉漉的，香味差太多了。"摇桂花"对于我是件大事，所以老是盯着母亲问："妈，怎么还不摇桂花吗？"母亲说："还早呢，没开足，摇不下来的。"可是母亲一看天空阴云密布，云脚长毛，就知道要"做风水"了，赶紧吩咐长工提前"摇桂花"。这下，我可乐了。帮着在桂花树下铺篾簟，帮着抱桂花树使劲地摇，桂花纷纷落下来，落得我们满头满身。我就喊："啊！真像下雨，好香的雨啊！"母亲洗净双手，撮一撮桂花放在水晶盘中，送到佛堂供佛。父亲点上檀香，炉烟袅袅，两种香混合在一起，佛堂就像神仙世界。于是父亲诗兴发了，即时口占一绝："细细香风淡淡烟，竞收桂子庆丰年。儿童解得摇花乐，花雨缤纷入梦甜。"诗虽不见得高明，但在我心目中，父亲确实是才高八斗，出口成诗呢。

桂花摇落以后，全家动员，拣去小枝小叶，铺开在簟子里，晒上好几天太阳；晒干了，收在铁罐子里，和在茶叶中泡茶，做桂花卤，过年时做糕饼。全年，整个村庄，都沉浸在桂花香中。

念中学时到了杭州，杭州有一处名胜满觉垄，一座小小山坞，全是桂花，花开时那才是香闻十里。我们秋季远足，一定去满觉垄赏桂花。"赏花"是借口，主要的是饱餐"桂花栗子羹"。因满觉垄除桂花以外，还有栗子。花季栗子正成熟，软软的新剥栗子，和着西湖白莲藕粉一起煮，面上撒几朵桂花，那股子雅淡清香是无论如何没有字眼形容的。即使不撒桂花也一样清香，因为栗子长在桂花丛中，本身就带有桂花香。

我们边走边摇，桂花飘落如雨，地上不见泥土，铺满桂花，踩在花上软绵绵的，心中有点不忍。这大概就是母亲说的"金沙铺地，西方极乐世界"吧。母亲一生辛劳，无怨无艾，就是因为她心中有一个金沙铺地、玻璃琉璃的西方极乐世界。

我回家时，总捧一大袋桂花回来给母亲，可是母亲常常说："杭州的桂花再香，还是比不得家乡旧宅院子里的金桂。"

于是我也想起了在故乡童年时代的"摇花乐"，和那阵阵的桂花雨。

春 酒

农村时代的新年是非常长的。过了元宵灯节，年景尚未完全落幕，还有个家家邀饮春酒的节目，再度引起高潮。在我的感觉里，其气氛之热闹，有时还超过初一至初五的五天新年呢。原因是：新年时，注重在迎神拜佛，小孩子们玩儿不许在大厅上、厨房里，撞来撞去，生怕碰碎碗盏。尤其我是女孩子，蒸糕时，脚都不许搁在灶孔边，吃东西不许随便抓，因为许多都是要先供佛与祖先的。说话尤其要小心，要多讨吉利，因此觉得很受拘束。过了元宵，大人们觉得我们都乖乖的，没闯什么祸，佛堂与神位前的供品换下来的堆得满满一大缸，都分给我们撒开地吃了。尤其是家家户户，轮流地邀喝春酒，我是母亲的代表，总是一马当先，不请自到，肚子吃得鼓鼓的，手里还捧一大包回家。

可是说实在的，我家吃的东西多，连北平寄回来的金丝蜜枣、巧克力糖都吃过，对于花生、桂圆、松糖等等，已经不稀罕了。那么我最喜欢的是什么呢？乃是母亲在冬至那天就泡的八宝酒，到了喝春酒时，就开出来请大家尝尝。"补气、健脾、明目的哟！"母亲总是得意地说。她又转向我说："但是你呀，就只能舔一指甲缝，小孩子喝多了会流鼻血，太补了。"其实我没等她说完，早已偷偷把手指头伸在杯子里好几回，已经不知舔了多少个指甲缝的八宝酒了。

八宝酒，顾名思义是八样东西泡的酒，那就是黑枣（不知是南枣还是北枣）、荔枝、桂圆、杏仁、陈皮、枸杞子、薏仁米，再加两粒橄榄。要泡一个月，打开来，酒香加药香，恨不得一口气喝它三大杯。母亲给我在小酒杯底里只倒一点点，我端着、闻着，走来走去，有一次一不小心，跨门槛时跌了一跤，杯子捏在手里，酒却全洒在衣襟上了。抱着小花猫时，它直舔，舔完了就呼呼地睡觉，原来我的小花猫也是个酒仙呢！

我喝完春酒回来，母亲总要闻闻我的嘴巴，问我喝了几杯酒，我总是说："只喝一杯，因为里面没有八宝，不甜呀。"母亲听了很高兴，自己请邻居来吃春酒，一定每人给他们斟一杯八宝酒。我呢，就在每个人怀里靠一下，用筷子点一下酒，舔一舔，才过瘾。

春酒以外，我家还有一项特别节目，就是喝会酒。凡是村子里有人需钱急用，要起个会，凑齐十二个人。正月里，会首总要请那十一位喝春酒表示酬谢，地点一定借我家的大花厅。酒席是从城里叫来的，和乡下所谓的八盘五、八盘八不同（就是八个冷盘，当中五道或八道大碗的热菜），城里酒席称之为"十二碟"（大概是四冷盘、四热炒、四大碗煨炖大菜），是最最讲究的酒席了。所以乡下人如果对人表示感谢的口头话，就是说

"我请你吃十二碟"。因此，我每年正月里喝完左邻右舍的春酒，就眼巴巴地盼着大花厅里那桌十二碟的大酒席了。

母亲是从不上会的，但总是很乐意把花厅供给大家请客，可以添点新春喜气。花匠阿标叔也巴结地把煤气灯玻璃罩擦得亮晶晶的，呼呼呼地点燃了，挂在花厅正中，让大家吃酒时发拳吆喝，格外兴高采烈。我呢，一定有份坐在会首旁边，得吃得喝。这时，母亲就会捧一瓶她自己泡的八宝酒给大家尝尝助兴。

席散时，会首给每个人分一条印花手帕，母亲和我也各有一条，我就等于有了两条，开心得要命。大家喝了甜美的八宝酒，都问母亲里面泡的是什么宝贝，母亲得意地说了一遍又一遍，高兴得两颊红红的，跟喝过酒似的。其实母亲是滴酒不沾唇的。

不仅是酒，母亲终年勤勤快快地，做这做那，做出新鲜别致的东西，总是分给别人吃，自己都很少吃的。人家问她每种材料要放多少，她总是笑眯眯地说："差不多就是了，我也没有一定分量的。"但她还是一样一样仔细地告诉别人。可见她做什么事，都有个尺度在心中的。她常常说："鞋差分，衣差寸，分分寸寸要留神。"

今年，我也如法炮制，泡了八宝酒，用以供祖后，倒一杯给儿子，告诉他是"分岁酒"，喝下去又长大一岁了。他挑剔地说："你用的是美国货的葡萄酒，不是你小时候家乡自己酿的酒呀。"

一句话提醒了我，究竟不是道地家乡味啊。可是叫我到哪儿去找真正的家醅呢？

金盒子

记得五岁的时候，我与长我三岁的哥哥就开始收集各色各样的香烟片了。经过长久的努力，终于把封神榜香烟片几乎全部收齐了。我们就把它收藏在一只金盒子里——这是父亲给我们的小小保管箱，外面挂着一把玲珑的小锁。小钥匙就由我与哥哥保管。每当父亲公余闲坐时，我们就要捧出金盒子，放在父亲的膝上，把香烟片一张张取出来，要父亲仔仔细细给我们讲画面上纣王比干的故事。要不是严厉的老师频频促我们上课去，我们真不舍得离开父亲的膝下呢！

有一次，父亲要出发打仗了。他拉了我俩的小手问道："孩子，爸爸要打仗去了。回来给你们带些什么玩意儿呢？"哥哥偏着头想了想，拍着手跳起来说："我要大兵，我要丘八老爷。"我却很不高兴地摇摇头说："我才不要，他们是要杀人的呢！"父亲摸摸我的头笑了。可是当他回来时，果然带了一百名大兵来了。他们一个个都雄赳赳地，穿着军装，背着长枪。幸得他们都是烂泥做的，只有一寸长短，或立或卧，或跑或俯，煞是好玩。父亲分给我们每人五十名带领。这玩意儿多么新鲜！我们就天天临阵作战。只因过于认真了，双方的部队都互有损伤。一两个星期以后，它们都折了臂断了脚，残废得不堪再作战了，我们就把它们收容在金盒子里作长期的休养。

我六岁那一年，父亲退休了。他要带哥哥北上住些日子，叫母亲先带我南归故里。这突如其来的分别，真给我们兄妹十二分的不快。我们觉得难以割舍的还有那唯一的金盒子，与那整套的封神榜香烟片。它们究竟该托付给谁呢？两人经过一天的商议，还是哥哥慷慨地说："金盒子还是交给你保管吧！我到北平以后，爸爸一定会给我买许多玩意儿的！"

金盒子被我带回故乡。在故乡寂寞的岁月里，又受着家庭教育严厉的管束，童稚的心，已渐渐感到孤独与烦躁。幸得我已经慢慢了解封神榜香烟片背后的故事说明了。我又用烂泥把那些伤兵一个个修补起来。我写信告诉哥哥说金盒子是我寂寞中唯一的良伴，他的回信充满了同情与思念。他说：明年春天回来时定给我带许多好东西，使我们的金盒子更丰富起来。

第三年的春天到了，我天天在等待哥哥的归来。可是突然一个晴天霹雳似的电报告诉我们，哥哥竟在将要动身的前一星期，患急性肾脏炎去世了。我已不记得当这噩耗传来的时候，是怎样哭昏过去的，只觉得醒来时，已躺在母亲的怀里，仰视泪痕斑斑的母亲，孩子的心，已深深经验到人事的变幻无常。我除了恸哭，更能以什么话安慰母亲呢？

金盒子已不复是寂寞中的良伴，而是逗人伤感的东西了。我纵有一千一万个美丽的金盒子，也抵不过一位亲爱的哥哥。我虽是个不满十岁的孩子，却懂得不在母亲面前提起哥哥，只自己暗中流泪。每当受了严师的责罚，或有时感到连母亲都不了解我时，我就独个儿躲在房里，闩上了门，捧出金盒子，一面搬弄里面的玩物，一面流泪，觉得满心的忧伤委屈，只有它们才真能为我分担呢！

父亲安顿了哥哥的灵柩以后，带着一颗惨痛的心归来了。我默默地靠在父亲的膝前，他颤抖的手托着我，他早已呜咽不能成声了。三四天后，他才取出一个小纸包说："这是你哥哥在病中用包药粉的红纸做成的许多小信封，一直放在袋里，原预备自己带给你的。现在你拿去好好保存着吧！"我接过来打开一看，原来是十只小红纸信封，每一只里面都套有信纸，上面都用铅笔画着"松柏常青"四个空心篆字，其中一个，已写了给我的信。他写着："妹妹，我病了不能回来，你快与妈妈来吧！我真寂寞，真想念妈妈与你啊！"可怜的我，那一晚上整整哭到夜深。第二天就小心翼翼地把小信封收藏在金盒子里，这就是他留给我唯一值得纪念的宝物了。

我十九岁的时候，母亲因不堪家中的寂寞，领了一个族里的小弟弟。他是个十二分聪明的孩子，父母亲都非常爱他，给他买了许多玩具。我也把我与哥哥幼年的玩具都给了他，却始终藏着这只小金盒子，再也不舍得给他。有一次，不幸被他发现了，他就跳着叫着一定要。母亲带着责备的口吻说："这么大的人了，还与六岁的小弟弟争玩具呢！"我无可奈何，含着泪把金盒子让给小弟弟，却始终不忍将一段爱惜金盒子的心事，向母亲吐露。

金盒子在六岁的童孩手里显得多么不坚牢啊！我眼看他扭断了小锁，打碎了烂泥兵，连那几只最宝贵的小信封也几乎要遭殃了。我的心如绞着一样痛，乘着母亲不在，急忙从小弟弟手里救回来，可是金盒子已被摧毁得支离破碎了。我禁不住由心疼而愤怒，我打了他，他也骂我"小气的姐姐"，他哭了，我也哭了。

一年又一年地，弟弟已渐渐长大，他不再毁坏东西了。九岁的孩子，就那么聪明懂事，他已明白我爱惜金盒子的苦心，帮着我用美丽的花纸包扎起烂泥兵的腿，用铜丝修补起盒子上的小锁，说是为了纪念他不曾晤面过的哥哥，他一定得好好爱护这只金盒子。我们姊弟间的感情，因而与日俱增，我也把思念哥哥的心，完全寄托于弟弟了。

弟弟十岁那年，我要离家外出，临别时，我将他的玩具都理在他的小抽屉中，自己带了这只金盒子在身边，因为金盒子对于我不仅是一种纪念，而且是骨肉情爱之所系了。

作客他乡，一连就是五年，小弟弟的来信，是我唯一的安慰。他告诉我他已经念了许多书，并且会画图画了。他又告诉我说自己的身体不好，时常咳嗽发烧，说每当病在床上时，是多么寂寞，多么盼我回家，坐在他身边给他讲香烟片上封神榜的故事。可是为了战时交通不便，又为了求学不能请假，我竟一直不曾回家看看他。

我不能不怨恨残忍的天心，在十年前夺去了我的哥哥，十年后竟又要夺去我的弟弟了。恍惚又是一场噩梦，一个电报告诉我弟弟突患肠热病，只两天就不省人事，在一个凄清的七月十五深夜，他去世了！临死时，他忽然清醒过来，问姊姊可曾回来。尝尽了人间的滋味，如今已无多少欢乐与哀愁，可是这一只金盒子，却总不能不使我黯然神伤。我不忍回想这接二连三的不幸事件，我是连眼泪也枯干了。

哥哥与弟弟就这样地离开了我，留下的这一只金盒子，给予我的惨痛是多么深！但正为它给予我如许惨痛的回忆，使我可以捧着它尽情一哭，总觉得要比什么都不留下好得多吧！

几年后，年迈的双亲，都相继去世了，这黯淡的人间，这茫茫的世路，就只丢下我踽踽独行。

如今我又打开这修补过的小锁，抚摸着里面一件件的宝物，贴补烂泥兵小脚的美丽花纸，已减退了往日的光彩，小信封上的铅笔字，也已逐渐模糊得不能辨认了。可是我痛悼哥哥与幼弟的心，却是与日俱增。因为这些黯淡的事物，正告诉我，他们离开我是一天比一天更远了。

图书在版编目（CIP）数据

桂花雨：琦君散文精选 / 琦君著. -- 武汉：长江
文艺出版社，2023.11（2025.5 重印）
ISBN 978-7-5702-3328-1

Ⅰ. ①桂… Ⅱ. ①琦… Ⅲ. ①散文集－中国－当代
Ⅳ. ①I267

中国国家版本馆 CIP 数据核字(2023)第 186642 号

《桂花雨：琦君散文精选》，经权利人授权在中国大陆地区独家出版发行

桂花雨：琦君散文精选
GUIHUA YU : QIJUN SANWEN JINGXUAN

责任编辑：张远林　　　　　　　　　责任校对：程华清
封面设计：天行云翼 ·宋晓亮　　　　责任印制：邱 莉 韩 燕

出版：长江出版传媒　长江文艺出版社
地址：武汉市雄楚大街 268 号　　　　邮编：430070
发行：长江文艺出版社
http://www.cjlap.com
印刷：湖北新华印务有限公司

开本：640 毫米×970 毫米　　　1/16　　印张：7.5　　　插页：4 页
版次：2023 年 11 月第 1 版　　　　2025 年 5 月第 3 次印刷
字数：75 千字

定价：25.00 元